回憶·撲克牌

思い出トランプ

向田邦子 著——張秋明 譯

推薦序
原諒的方式

柯裕棻

第一次聽見向田邦子的名字就已經是她死亡的消息了，那是一九八一年，她在一場空難中過世，在台灣。台灣對於這一位日本女作家的認識，就這麼從她生命的結束開始。

我那時還小，但我記得報紙上連著好幾天大幅報導了這件事。到底向田邦子是誰呢？她寫哪樣的作品呢？當時她剛剛得了直木獎，作品沒有中譯本，所以大家只知道有這樣一位日本女作家過世了，卻沒有人知道她寫什麼樣的作品，爲什麼引起日本社會的關注。

就在那空難之後的某一天，媽媽問我說：「你看報了沒有？今天的副刊上有一篇那個日本女作家的文章翻譯出來了。讀了以後心裡又覺得想笑，又覺得想哭。」我翻出報紙來，反覆地、反覆地看那一篇文章，心裡受到了很深的撼動。我知道媽媽爲什麼會想笑，我也知道媽媽爲什麼會想哭。

從我懂事以來，父母的關係始終很緊張，家裡的狀況時而狂暴時而冰冷，小孩夾處其中，自然也感受到強烈的不安和疑惑。事實上，大約就在那一、二年，我心裡已經對家庭關係感到厭倦和恐懼，我根本不知道家庭還有其他的可能。向田邦子那一篇文章寫的就是家庭關係的難題，明筆寫的是父親的任性，暗筆寫的是父親和長女之間長存的矛盾和關心。她的文字裡有一種我自幼即非常切身體會的質問：「家庭究竟是什麼？」但是她寫得很淡，很溫和有趣。當時我想，原來家庭的痛苦可以這樣不著痕跡地寫，明明是充滿怨怒的家族關係，明明有許多眼淚和委屈，明明是咬緊牙根的忍耐，也可以化為這樣平靜的回顧，也可以有這種原諒的方式。我感到強烈的惋惜，我還想知道她對於家庭有什麼看法，可是寫得這麼好的人竟然就這樣死了。我把文章剪下來，那篇文章叫做〈父親的道歉信〉。

我對這篇文章印象深刻得連自己都難以相信。多年來，向田邦子的書一直沒有中譯本，我也幾乎已經忘了這件事。直到去年，在書店意外看見《父親的道歉信》一書，我立刻想起那篇文章，立刻想起那個下午，坐在老家的客廳裡，慢慢讀剪報的複雜心情。一時之間心裡千頭萬緒，我已經長大、脫離了家庭，經過了許多紛擾，並且也開始寫作，我竟然還清清楚楚記得那篇文章的內容，還有那當下的體悟。

這種直指人心的故事能量，就是向田邦子作品的驚人之處。

不久之前我看了森田芳光導演的電影〈宛如阿修羅〉，講的是四個女兒發現父親外遇的故事。其中有一幕的情節非常含蓄。黃昏的時候，父親送性格怪僻的三女兒到微黯的巷子口，兩個人都無言，心裡各有各的想法，三女兒想說什麼，卻說不出口，只說，送到這裡就好了。然後就那樣欲言又止地，在暮色中，父親轉身走回去。三女兒在背後還想說什麼，還是沒說出來，也就那樣走了。整部片子細細地講四個姊妹與父母的關係，以及「家庭究竟是什麼」這個問題。〈宛如阿修羅〉的電影劇本，就是向田邦子生前為ＮＨＫ寫的電視劇本。

我一樣非常感動，而且，我發現彷彿在哪一個場合裡，我曾經歷過幾個非常相似的、微黯無言的片刻。我真是長大不少，現在已經可以了解那無言是為什麼，那壓抑的平靜是為什麼，我也終於了解並且學會了那原諒的方式，相互原諒的方式。

「家庭」可以說是向田邦子最原初的寫作意識，可能也是她的作品至今仍然令人感動的緣故。

然後，總算沒有空等，二十幾年前向田邦子得獎小說的中譯本終於問世了。在《回憶·撲克牌》這本短篇小說集裡，「家庭究竟是什麼」仍是最核心的問題。這本書共有十三個短篇故事，這些故事有些是父母子女之間的關係，有些是夫妻之間的猜疑，幾處情節處理得非常精妙細微，細微得令人心頭一凜，像是自己心頭也曾經一閃而過的暗念。其中〈水獺〉、〈天窗〉、〈三層肉〉、〈花的名字〉講的是夫妻之間又薄弱又牽絆的那種關係，既無法信賴也無法拆解；〈緩坡〉、〈曼哈頓〉、〈吹牛〉是中年男子對於家族關係的理解和幻滅；〈蘋果皮〉、〈耳朵〉和〈男眉〉是兄弟姊妹之間的相互扶持也相互競爭的情結。〈狗屋〉是我最喜歡的一篇，一個孕婦從電車裡的偶遇想起年少時的種種，是一篇情緒很複雜卻完全又讓人了然於胸的故事。

向田邦子的短篇小說不同於一般。短篇小說爲了讓人印象深刻，常常故意營造懸疑情節或是讓結局出人意表，寫短篇小說的人也多擅長此道，只是，太注重這種面向的短篇常常讓人感到有趣味卻沒有靈魂。向田邦子的作品不是這樣的風格，向田邦子的筆調完全不煽情，不走華麗詞藻的路線，也不屬於清冷決絕一派，她的短篇不是爲了故事的布局而完成，她的某些故事沒有明顯的轉折，它們感人的力量來自更深刻更細膩的別處。向田邦子的故事裡常常出現家常食物，以及吃飯的場景，感覺上是一種有溫度有觸感也有光線的寫作，她應該是個生命韌度很強卻也很敏感的人，觀察力細緻得令人佩服。以這樣敏銳的觀察力寫出來的作品讓人感動之處，已經超越了文字的營造，她會迂迴地寫某一種隱匿的感覺，藉此召喚讀者自己的人生經驗，由讀者自己體會。

最令人震動的感情，往往是作者沒有直接寫出來的感情，正是因爲沒有明講出來，所以讀者在自己心裡明白了。最意味深長的吻，總是作者沒有寫出來，因此所有的讀者都在自己心裡完成的那一個；最溫暖的擁抱，總是故事裡一再錯過了，而讀者心裡依舊迫切期待的那一個；最深切的原諒，大概是沒有說出來，卻蘊含在眼神裡的那一個。

正如同向田邦子的猝死，這麼多年了，還是讓讀者感到難了的遺憾。

（本文作者爲作家）

譯序
我的「向田邦子熱」

張秋明

打從一開始，我就是個向田邦子迷。

一九八一年的暑假，我第一次聽見向田邦子的名字。因爲遠航墜機事件，一位知名的日本女作家意外喪生在異國的海島上。從連日來的報紙副刊中讀到了她的散文隨筆，從此便喜歡她的文字風格。例如當時讀到的一篇〈被壓扁的紙鶴〉，提到國小時的美勞課教摺紙鶴。她因爲從小跟在祖母身邊，十分熟習這類的手藝，摺完自己的之後，便到處去幫面有難色的同學。等到老師驗收成果的時候，但見同學們都高舉著紙鶴，卻發現自己的紙鶴不知何時已掉落在地上被踩扁了……詼諧的筆調，犀利地分析出自己的人生總是重複著「被壓扁的紙鶴」模式，也彷彿諭示著當她寫作生涯正要如日中天地展開時，眾裡尋她千百度的人們卻驚見她墜機事件的落幕。

當時的報紙還強調，日本各大書店爲了悼念她，紛紛設立了向田邦子著作專櫃。我以爲那不過是一種商業手法，及至後來讀了日文系，也到過東京工作之後，才發現與向田邦子相關的著作竟是推陳出新、延續至今。她個人親筆的新作固然隨著斯人已去而不復見，但書商還是有辦法將她早年擔任電影雜誌編輯的「編輯後語」、報章雜誌上訪談錄等集結成書；她的親朋好友也不時發表回憶的文章，透露形成向田邦子傳奇的小故事。此外也少不得學者專家試圖解析她的作品與內心世界的關聯，但結論總落在一個「謎」字。甚至出版社還舉辦了多次的「向田邦子的世界」展，展出她的作品、照片、服飾、文具、收藏、生活用品……宣揚她的生活美學。而每年TBS電視則是重組她的作品要素，結合生前的好友導演（久世光彥）、演員（加藤治子、田中裕子、小林薰等）推出年度大戲的新春特別節目，形成慣例。至於她的經典劇本則是一再拍成電影，成爲影展上的常客，例如前幾年東京影展大片《宛如阿修羅》（八千草薰、大竹忍、黑木瞳等主演）便是。

向田邦子一向很懂得吃，有一個專門收集美食資訊的小抽屜。因爲愛吃也會煮，所以與妹妹和子出了一本拿手菜的食譜，還開了一家小酒館「媽媽屋」（mamaya），賣些家常小菜。那年我在東京工作時還特別到位於赤坂日枝神社旁的小店，品嘗書中嚮往已久的「紫蘇番茄沙拉」、「辣味紅蘿蔔」、「檸檬蜜地瓜」、「炸豆腐香湯」等食物，別問我滋味如何，畢竟事隔近十年，何況當時多少帶著緬懷故人的心情去朝聖，所以除了味美，已不復記憶。倒是手邊還留有那張印著「媽媽屋」的收據，夾在《向田邦子的拿手菜》食譜中作為紀念。

在日本工作的三年間，我還蒐集到所有向田邦子的著作與相關資訊，自認十分了解她的生平，包含那段與台灣企業家的低調戀情。然而近來向田和子又出版了《向田邦子的情書》（麥田出版），公開了向田邦子一場不為人知的戀情，而且是與有婦之夫的戀情，讓已經延燒二十多年的「向田邦子熱」激起了更大的火花。「第三者」、「外遇」是向田邦子筆下經常出現的重要元素，常見一個家庭看似幸福美滿的男人，卻願意跟一個外表、氣質遠不如妻子的鄉下女子同居，甚至低三下四地幫她洗內衣褲。例如〈宛如阿修羅〉講的是一個四姊妹家庭的故事，以二女兒懷疑先生的外遇，牽扯出娘家老父的金屋藏嬌、孀居大姊的婚外情、兩個妹妹的感情問題等情節。關於外遇、第三者，處女座的我總認爲那是不合禮教、缺乏自制的行爲，還沒試著去了解便已經先拒絕認同。對於向田邦子描寫的奇怪現象，只當作是邊緣人生的一場畸戀看待。但是讀完《向田邦子的情書》——其實是男主角生前的日記和兩人往返的書信，才發現原來這段感情不是我先入爲主的情慾導向，兩人的相知相惜竟是那麼地令人哀矜不已。我也才知道原來她一再重複的外遇描寫並非只是譁眾取寵的人生鬧劇，而是充滿了人生況味的傷痛歷程。這恐怕只有親身經驗過的讀者才能體會吧。

之前上東京時，又在書店買到了剛上市的新書《向田邦子，生活的樂趣》。二十多年了，連我都不禁要問：向田邦子何以對日本人具有如此歷久不衰的魅力？或許在窺探她的人生點滴時，日本人找到了一個典範——一個很平民風格卻活出自我的生活家。她不崇尚名牌，但可以大手筆買好幾件同款不同顏色的愛馬仕襯衫，只因爲實穿好搭配。她喜歡旅遊，但走訪的卻是當年還很冷門的非洲、亞馬遜河流域等景點。她也買古董，卻不是爲了收藏，所以從生活照片中可以看見她用來插花的李朝白瓷瓶、隨意當作菸灰缸的青瓷雙魚碟。而那個令我讚歎不已的茶几，則是到泰國旅遊時帶回來的銅鐘。還有她收藏的字畫、常去的店……因爲有她的堅持，所以才能如此耐人尋味吧。

誰說她的人生像是被壓扁的紙鶴？被壓扁的是外在的肉體，但她豐富的人生似乎有著源源不絕的話題讓人們傳頌。至今，日本社會依然高舉著留有向田邦子手澤餘溫的紙鶴為她喝采。

目錄

回憶．撲克牌

推薦序　原諒的方式　柯裕棻　003
譯　序　我的向田邦子熱　張秋明　009
水獺　017
緩坡　033
天窗　049
三層肉　065
曼哈頓　083
狗屋　101

男眉 117
蘿蔔與月亮 133
蘋果皮 149
酸味家庭 163
耳朵 179
花的名字 195
吹牛 211
向田邦子的本事　水上勉 227

水獺

香菸從指間掉落，是星期一傍晚發生的事。

當時宅次坐在簷廊上，一邊看著庭院一邊吸菸，妻子厚子則在屋裡摺衣服，再度提起了那件事。

爲了這兩百坪大的庭院要不要蓋公寓大樓一事，夫妻倆意見分歧。厚子在建商的鼓吹下贊成改建；宅次則認爲等到他退休之後再說也還不遲，而距離退休還有三年的時間。

這是宅次生前喜歡園藝的父親所遺留下來的，房子本身不怎麼樣，就是庭院還有些看頭。宅次每每一下班便立刻趕回家，坐在簷廊一邊吸菸一邊眺望庭院，已經成了他的習慣。

一如翻閱日曆一樣，看著庭院裡隨著四季變化的樹木花草，以及悠然佇立的五輪石塔逐漸消融在墨暈般的夜色中，對那一個半小時的通勤過程便不以爲苦。就連自己身爲一介文書課長，早已和升官無緣的境遇，也不會覺得氣憤了。他覺得最適合自己的位置就是在這走廊上呀！

厚子似乎也能理解丈夫的心意，平常總是說幾句就算了，可是這一天卻顯得特別執拗。宅次終於忍不住拉高音量回應：「如果要蓋公寓，那我就不上班了！」

就是在那個時候，夾在指間的香菸掉了下來。

他以爲是風吹的。

因爲突然感覺到好像有一股風吹過。

「有風嗎？」宅次嘟囔地問。

「哪有什麼風呢？有風的話，洗好的衣服早就乾了！」

厚子來到陽台上，舔了一下自己的食指，像豎起蠟燭般地伸在半空中。

「哪裡有什麼風嘛！」

比宅次小九歲的厚子，或許是因爲沒有小孩的關係吧，有時會做出和年紀不太相稱的淘氣舉動。看到她那一雙黑色晶亮如西瓜子的小眼睛，對自己的情況顯得興致勃勃的樣子，宅次打消了提起香菸一事的念頭。

人到中年，手腳麻痺的感覺。那是什麼藥品的廣告呢？一邊想著該廣告的詞句，一邊拾起掉落在踏腳石上還冒著輕煙的香菸，不禁對自己的手厚重有如戴著手套的觸感擔心了起來。

事後回想，那就是最初的前兆。

之後又過了幾天吧，工作中忽然想不起來站在眼前的副理的名字。記不得是當天還是隔天？因爲應酬喝酒，搭乘計程車回家時，才一下車就像斷線的傀儡一樣，整個人渾身無力地癱坐在地上。雖然在計程車司機的攙扶下立刻站了起來，那也是前兆吧。

香菸從指間掉落的一個星期後，宅次清早起床去拿報紙，回到客廳時便抓著紙門不省人事了。

他中風了。

腦子裡老是有蟲子唧唧地叫著。

病倒後一個月以來，宅次只要一開始想，那隻蟲就會在他的後腦勺「唧唧……唧唧……」地叫個不停。

意識不清的情況只持續了一個小時，卻留下了右半身的輕微痲痺。拄著枴杖勉強還能走路，就是右手還無法拿穩筷子。

厚子嘴裡哼著歌。

自從宅次病倒後，厚子經常喜歡哼歌，彷彿她用哼歌來表達自己內心的想法：又不是生什麼大病！過一段時間就會好的。我是絕對不會悲觀的！

她生性本來就很勤快。隨著宅次從公司退休、在家休養後，厚子變得比以前更加勤做家事。坐著的時候，手上總是不忘剝剝豆莢或是編織蕾絲什麼的；就算沒事情好做，她那一雙眼珠子也還是不停地轉動。

門口好像有什麼人來訪，大概是汽車推銷員吧。宅次以爲她會說「因爲我先生病了，現在實在不是買車子的時候」，豎起耳朵一聽，卻聽見厚子歌唱般的聲音回答：「眞是不好意思，我先生就是汽車業務員。」

沒錯，這就是厚子一向的處理方式。

假如是賣化妝品的推銷員，就回說先生做的是化妝品這一行；對方若是來賣百科全書，答案就改成出版業者。新婚時，遇到上門來賣毛毯的人，她一邊用歌唱般的口吻回絕說「我先生也是從事紡織業的呀」，一邊眼帶微笑地回過頭來，看了人在屋裡的宅次一眼。宅次心想，自己和這麼有趣的女人生活在一起，後半輩子應該不會無聊了，事實也眞是如此。

有時撒撒無傷大雅的謊，配合她歌唱般的聲音聽來是一種趣味，感覺到的是厚子腦筋轉得快與體貼的心意。對宅次而言，她可說是難得的好太太。即便是說謊，也是爲了宅次、爲了這個家好而展現的聰明機智。

紙門打開了和臉龐一樣的寬度，厚子探出頭來。

和二十年前一樣的笑臉。一如用手指捏出來的小鼻子，笑的時候自然翹起來。本來就已經分得很開的雙眼，因爲笑而離得更開了，顯得有些滑稽。宅次心想長得好像什麼呢？可就是想不出來。也許是因爲生病的關係，腦筋就像是被半透明的塑膠袋包住了一樣，越想不出來越叫人焦躁心煩。

這個時候腦子裡面的蟲子就會「唧唧……唧唧……」地鳴叫。

厚子正在喝紅色的冰淇淋汽水。都這個年紀了，還一點也不會不好意思地用力吹著吸管，讓摻有冰淇淋的紅色汽水冒出白色泡沫。

厚子嘴裡咬著的吸管可能裂開了，只見紅色汽水不斷從裂縫中溢出。

「不要再吸了！」

如果血管又再次溢血的話，我的人生也就嗚呼哀哉了。

正想大叫卻叫不聲音來的時候，他被搖醒了。

是夢境還是現實？兩者的界線越來越不清楚了。新婚時，記得有一次在百貨公司的餐廳喝汽水，厚子的吸管裂開了，突然間汽水便噴了出來，當時的顏色是紅色還是綠色呢？

厚子不知什麼時候換好了外出的衣服，端坐在椅墊旁邊。

「之前跟你提起過的那件事，我去談談就回來。」

只說是那件事，一時之間哪想得起來。

說是高中時的老師榮獲勳章，大家計畫同學會時好好慶祝一番，決定先由主辦幹事一起去百貨公司勘查場地。宅次覺得自己是頭一次聽到這檔事。

「下午的甜點哈密瓜已經冰好了，等我回來再吃可以吧？」

厚子天生是個衣架子，只是因爲在意自己的腿粗，遇到需要爭奇鬥豔的場合總是穿著和服。這倒也無可厚非，然而宅次從以前就發覺厚子會因對方是誰，胸口束出來的大小有所不同。

和宅次或女性親戚出門時，她不會太在意胸口的形狀；需要他人另眼看待時，就會仔細穿戴，硬擠出胸部來。

有些矮小的橘子樹會垂著沉甸甸的橘子，令人歎爲觀止。結婚時的厚子就像那個樣子。年過四十的她，身上的橘子多少也小了一些；可是到了緊要關頭，厚子還是會向上提起來，恢復成昔日碩大的橘子盛況。

感覺她待會兒要見面的對象應該不是女性。書上說這種病的特徵之一就是容易起疑心。必須要讓自己心情平靜下來才行。主治醫生竹澤也交代說避免生氣就是最佳的良藥。

看見厚子穿上新的白襪套，雀躍地在走廊上快步奔走，宅次竟不自覺地叫住了她：「喂！」

「有何貴幹？」

看著厚子故意用古裝劇的說法、猛然轉身的逗趣身影，宅次差點發出了驚叫聲。他總想厚子長得好像什麼，原來是水獺。

在百貨公司頂樓看到水獺，不知道是多少年前的事了？

利用午休時間外出閒晃，在展示給小朋友觀賞的小動物水池裡，看到了兩隻嬉戲打鬧的水獺。

不知哪一隻是公的、哪一隻是母的，兩隻水獺幾乎動個不停、一刻都不得閒。或許是將浮在水面上的葉片當成了游魚，彼此裝出煞有介事的模樣衝撞過去追捕。

正當宅次自以為是地如此揣想時，水獺又一臉傻氣地探頭浮出水面。說牠傻，但左右分離的兩顆小黑眼珠卻忙不迭地轉動，發現有人掏出硬幣往販賣泥鰍的機器靠近，兩隻水獺便爭先恐後游向泥鰍滑落的水管下，前足做出人類合十拜託的模樣，嘴裡發出「吱吱」的叫聲，催促個不停。

牠們那副貪吃的樣子固然顯得丟人現眼，卻不令人討厭；看似有些狡獪，倒也惹人愛憐。

身體總是不由自主地游動，以活著爲無上樂趣的習性，這一點厚子也是一樣。

有一次，隔壁第二家的鄰居發生了火警。

「失火了！失火了呀！」

站在一旁看著穿著一身睡衣、敲著空水桶、奔走著叫醒左鄰右舍的厚子那副激動的模樣，宅次竟覺得十分難爲情。

宅次父親的葬禮時，情況亦然。

厚子穿上新做好的喪服，臉上雖然掛著淚水，神情卻很興奮。眼看著再不制止她的話，恐怕會失態地又哭又笑，宅次於是告誡她說：「不要太放了！」

「放」是宅次故鄉仙台一帶的方言，意思是「得意忘形」。

右手心裡滾動著兩顆胡桃，宅次眺望著庭院。厚子聽說滾動胡桃有益於改善右手的麻痺現象，特地買回來給他復健用的。

用左手轉動時，相互碰撞的兩顆胡桃會發出類似響板的清脆聲響；然而改成了右手，則是混沌沉悶如生病的聲音。

宅次坐在茶几前，試著以手抓筆。一如雙腳發麻無法直立時的焦躁，麻痺的手有著一種在溫水中加入熱水時的輕微刺痛感，但又模糊地不像是自己的手。究竟要到何時才能寫字呢？宅次已決定不再想以後的事了。一開始想，後腦勺裡的蟲子便又開始唧唧復唧唧了。

獨自一人眺望庭院，其實難解心中寂寥。將滿懷的鬱鬱不得志放在心裡，背後有厚子有一搭沒一搭地說話、陪伴，感覺還算好的。

就好像學校的下課時間一樣。

夾在課堂之間大約五分鐘的下課時間，就是因爲有同學在，所以丟球的遊戲才會那麼有趣。假如給你一整天的時間玩耍，丟一顆球給你，孤孤單單一個人，也會覺得那球只不過是個塑膠的球體吧。

雖然不免覺得厚子有時讓人心煩，但這個家裡還是要有一隻水獺比較好。

電話鈴聲響了。

爬過榻榻米，接起了電話。好不容易才習慣了用左手抓起話筒靠在左耳上。從前都是用右邊聽電話，如今右耳周遭似乎時而縈繞著眼睛看不見的飛蟲。

電話是今里打來的。

兩人是大學時期的朋友，有將近四十年的交情了。宅次病倒時，厚子第一個打電話通知的對象就是今里。

「有什麼想說的，儘管交代我。」

雖然兩人之間不時興噓寒問暖的問候，但這樣子說話仍顯得唐突。

「你真的無所謂嗎？」今里深呼吸一口氣問道。「你不是一直都很不願意嗎，所以我才會想真的沒關係嗎？不過事到如今，也沒有辦法了吧。」

直到追問對方究竟是怎麼回事，反倒是今里顯得有些驚慌。

「你不知道嗎？」

原來在厚子的提議下，大夥兒正準備出席商討宅次今後問題的聚會。與會的人有坪井副理、牧野不動產和附近銀行的分行副理、主治醫生竹澤，還有今里。

厚子似乎打算將庭院改建成公寓，交給貸款銀行代爲管理，作爲年輕行員的宿舍使用。

宅次立刻覺得頭殼裡面開始發脹，腦海中浮現五個男人圍著厚子的畫面。

厚子肯定會挺起高聳如橘子的胸部，閃爍著一雙黑眼珠，活靈活現地扮演著堅強的妻子角色。

話又說回來，五個男人也未免太多了。坪井副理在其中又能發揮什麼作用呢？

突然間，一幅學生時代看過的圖畫浮現眼前。

那是梅原（註一）還是劉生（註二）的作品吧？彷彿套著白濁塑膠袋的腦袋實在想不出來，但仍記得那幅畫的構圖。

那是一幅頗大的油畫，一整個畫面的桌上堆滿了舊式的牛奶瓶、花、茶杯、奶罐、吃了一半的水果、切片的麵包、一隻脖子斷掉的小鳥。

圖畫的標題是：「獺祭圖」。

宅次不明白標題的意義。

回家之後查了字典，才知道是水獺祭魚的典故。

水獺生性喜好惡作劇。有時不是爲了塡飽肚子，僅爲了捕捉獵物的樂趣而殺死許多魚。

據說牠們有將死魚一字排開自娛的習性，因此也就將展示許多東西的行爲稱爲「獺祭圖」。

不論是火災、葬禮還是丈夫的病情，對厚子而言，都是提供她活躍機會的祭典。那隻躺在牛奶瓶後的死鳥，在宅次的眼前越來越清晰了。小鳥張著眼死掉了，那孩子則是閉上了眼睛。

星江在三歲那年夭折，她是宅次的獨生女。

早上出門時，宅次將自己的額頭貼在星江的頭上，交代厚子說小孩發燒了，記得去請竹澤醫生來看看，才出差去。

三天後，一通電話打到出差地點，說小孩是急性肺炎，已陷入病篤的狀態。等他

註一：梅原龍三郎（一八八八～一九八六）：京都人。畫家，作品有〈櫻島〉、〈紫禁城〉、〈北京秋天〉等。

註二：岸田劉生（一九八一～一九二九）：東京人。畫家，代表作為〈麗子微笑〉。

丟下工作趕回東京，星江的臉上已蒙上了一層白布。

厚子哭訴著說，那天曾打電話到竹澤醫院，因爲接電話的人出錯，醫生竟到隔天才出診；竹澤醫生也因爲新來的見習護士出錯而向宅次低頭賠罪。宅次的父親居中打圓場說，如今責怪他人，孩子也無法復生，這件事便這樣不了了之。

算計著死去女兒的年齡，邊想起自己竟然快要忘記這一件事的時候，宅次在車站遇到了那名準備回老家結婚的護士。

她猶豫地走近宅次身旁說：「我本來打算不說出來的。」

一開始，宅次沒有認出那個說話結巴的老處女是誰。

「那天我根本就沒有接到電話。」

她說厚子是在隔天才打電話求診的，前一天厚子參加了同學會。

那一夜宅次喝了很多悶酒。

回家時心想，等家裡的大門一打開，他要狠狠地甩厚子耳光。

可是當時宅次沒有那麼做。

爲什麼呢？試圖回憶起原因，後腦勺卻不斷發出唧唧的聲響。大概是心中某處告訴自己，還是別打這女人比較好，於是沉默地走進家裡，趁著酒意倒頭便睡了吧。

庭院裡逐漸染上一層淡墨般的夜色。宅次內心早已無暇顧及松樹、楓葉和五輪石塔了。

這個時候頭殼最感沉重。反正不久之後，這些東西都將消失，取而代之的是整片水泥蓋的廉價方形大樓。

宅次聽見了厚子的聲音。

正在和來探問宅次病情的隔壁太太說長道短。歌唱般的聲音彷彿在談論明天的天氣一樣，說著宅次的血壓。

宅次站了起來。

一邊攀著紙門一邊往廚房走去，等到回過神來，手上已經握著菜刀。他不知道想刺的究竟是自己的心臟，還是厚子高聳如橘子的胸部呢？

「還不錯嘛！」厚子的聲音說。

「都能抓住菜刀了呀，再加點油就行了！」語氣顯得明朗，兩顆如西瓜子左右分離的黑色小眼睛跳躍著。

「我想切哈密瓜來吃。」宅次手上的菜刀滑落到流理台上，腳步蹣跚地往走廊移動。後腦勺裡的蟲又開始鼓譟了。

「想吃哈密瓜呀，有銀行送的和牧野送的，要切哪一個？」

宅次答不出話來。

一如照相機按下快門一樣，宅次眼前的庭院突然化成了一片黑暗。

緩坡

說好敲公寓大門時，每次敲「咚咚」兩聲，共敲三次。因爲庄治的交代，門口並沒有掛上名牌。

一如平常地敲過門後，窺視窗上大小如魚板的布簾從裡面翻開來了。富子的眼睛正向外窺探。

彼此熟稔將近一年了，每次看見都覺得她的眼睛眞小。與其說是眼睛，不如說是臉上凍瘡的裂痕。笑起來時，彷彿是裂痕開了口。

富子懂得從窺視窗裡露出笑容，則是這半年來的事。

「看到我來，難道你不高興嗎？」

聽到庄治這麼問，富子緩緩地搖搖頭。

「既然沒有不高興，那就笑一下嘛。」

被這麼一說，從此她才開始有了笑臉。

話不多，動作也很遲鈍的富子，就連笑容也顯得很不自然。平板無奇的五官，似乎連笑一下都覺得麻煩。

打開門讓庄治進去後，便悶不吭聲地像一棵伐倒的大樹般將汗濕的身軀貼了上去。這也是庄治教她做的，否則之前她只會滿臉困窘地站在一旁。

身軀龐大的她，只有二十歲的青春和白皙的肌膚算是唯一優點。而且她也很遵守庄治不准她燙頭髮、不可以化妝的規定。

富子一邊依偎在庄治身上，一邊攤開掌心，手裡拿著一顆乒乓球。

原來如此，庄治這才想了起來。

上個星期只來了一次，所以剛好是一個星期前的今天。庄治當時一進門便盤腿坐在榻榻米上喝著冰涼的麥茶，質疑說這公寓是不是蓋得有些傾斜？

或許因爲這裡本來就是低緩的坡道，公寓就蓋在坡道上，總覺得房子有些傾斜。其實以前就很在意這一點了，富子居然還記得庄治說過的話：有沒有什麼會滾動的圓形物品？

「你去買的嗎？」庄治問。

「一百二十圓。」語氣聽起來像是抱歉買貴了。她將球放在榻榻米上。

乒乓球沒有滾動，靜止在這三坪大房間的正中央。在西曬陽光下顯得亮白的乒乓球，簡直就和富子沒什麼兩樣。

不說她就不做，說了也只會照做的女人。這正是庄治喜歡她的地方。

庄治剛好年過五十了。

每個星期會上富子住的公寓兩次，庄治總是先在坡道下讓計程車停下來。固然因爲坡道是單行道，即便不是，他也一樣會這麼做。因爲繼續開下去，收費表就要往上跳了。

儘管名片上掛著中小企業老闆的頭銜，身分也足以配享專屬的司機和座車，但庄治一搭上計程車，自然就會計較起里程表上的數字。越靠近目的地，內心便開始擔心表又要跳動了，於是自然而然探出身體說：「在這裡停就好了。」

然後再急匆匆地徒步前進。

對於自己的外號「老鼠」，他有時不免好笑地自我解嘲：那也是沒辦法的事呀。走路一向很快的庄治，唯有前往富子的住處時不一樣。下了計程車後，會在轉角的香菸鋪買包菸，接著才慢慢地爬上坡道。

坡道的斜度低緩，所以就算用平常的速度走路也不會覺得累，但庄治就是想慢慢地走。

金屋藏嬌。說是金屋，其實不過是有著三坪大及兩坪半房間的中古屋；而女人也沒有可以帶出場大肆炫耀的長相。只不過想到自己有了現在的身分，不禁暗自竊喜。

這讓他意識到男人的成就，走在功成名就的路上，速度當然要放慢的好。

這附近原本是叫做麻生的老社區。坡道的兩側儘管有些人家仍然精心守護著老房子，有些人家則放手改建，但畢竟都是擁有庭院的高級住宅。

有一戶人家的石牆上纏繞著常春藤，裡面種有玉蘭花、紫藤、棠棣和紫薇。庄治沿著圍牆安步當車地欣賞著庭院，感覺好久沒有聞到這月桂花的香味了。對庄治而言，這條坡道代表著他的四季。

說來，當初幫富子找到這間公寓，是在去年櫻花盛開的季節。那時整條坡道上紛紛的落英如雪片般飛舞。位在坡道中央的櫻樹如今綠葉繁茂，爲地面製造一片涼蔭，曾經春花爛漫的景象恍如泡影。

富子原本是去庄治公司應徵女職員的。

因爲會珠算，字也寫得漂亮，好不容易獲得面試的機會，但是第一個被刷下來的人就是富子。

「這個實在是沒辦法呀。」富子鞠躬之後還沒走遠時，負責人事的男性員工已開口說。「塊頭太大了。」

諂媚的語氣像是在討好身材在男人之中顯得矮小的老闆庄治。

「這種人動作一定很遲鈍，看她的腳踝就知道。」會計部經理也隨聲附和，在評分表上打×。

「沒有眼睛的千鳥呀，高島田髮髻……」人事部門的男人哼起了演歌，周遭的人調侃說「眞是老古董呀」，跟著哄堂大笑。

說的一點也沒有錯。

她的確是塊頭太大，長得又胖。加上或許是眼睛小的關係吧，表情木然，顯得有些陰沉。穿衣服也很土氣，應對答話也很遲鈍。高中時期的成績中下，又沒有什麼人事背景。

「這年頭居然還有這種女孩子呀。」庄治邊說也和大家一樣在評分表上打×，卻又同時還偷偷記下她名叫門脇富子以及她的聯絡地址，感覺上自己的手像是不聽使喚般地移動。

富子出生於北海道積丹半島。

她願意開啓厚重的雙唇，娓娓道出自己的身世，則是過了很長的一段時間以後。

在她的故鄉，提起肉類指的就是馬肉，小時候鮮有機會吃到牛肉。

也不知道什麼原因，就只有富子他們村子沒見過包裝食品的保鮮膜。直到那些出外工作回故鄉參加葬禮的男人們在收拾剩菜放進冰箱時，才提起爲什麼這裡沒有那種好用的東西呢？因爲大家都沒見過，儘管聽了說明，還是丈二金剛摸不著頭腦，搞不清楚是什麼東西。庄治聽了這段往事也覺得好笑。

褪下身上的衣物，富子白皙的身體顯得又脹大了一圈。

庄治覺得自己就像綽號的老鼠一樣，鑽進了閃閃發光的白色年糕裡嬉戲一般。

「該不會是你的祖母還是曾祖母，曾經跟俄國男人有段風流韻事吧？」

在這種半開玩笑的時候，富子就側著頭，一副若有所思的模樣。她的一雙小眼睛也看不出來是在生氣還是在笑。

說到了眼睛，富子第一次在飯店答應庄治的要求後倒是哭了。一如小水溝裡水滿爲患一樣，淚水不斷地湧現。看來長得像凍瘡的眼睛，應該流不出類似圖畫中的點點珠淚吧。

富子固然不是很機伶，但相對地也不會鑽牛角尖，個性令人覺得心安。

在這個房間裡也可以不必西裝筆挺，時時重視門面。

洗完澡後，身上只要圍著一條浴巾，就能盤腿坐在榻榻米上，吃著毛豆、涼拌豆腐配啤酒。或是隨意夾起附近店家買回來的炸豬肉薄片蘸醬汁吃，也可以大剌剌地從社會版開始讀晚報。

這裡沒有一聽到他說PTA（家長會）、dance party等外來語就挑剔他發音錯誤的兒女。電子通訊學校畢業的庄治可說是白手起家的。

也不用聽見自己的老婆裝腔作勢地和在茶道、烹飪教室裡認識的新朋友講電話。

庄治喜歡富子的勤儉持家。她覺得開燈太浪費，傍晚不到伸手不見五指絕對不按開關。

老闆保證好吃的西瓜如果不甜，她會拿下庄治正在吃的那片，跑到坡道下的水果行抗議，換新的回來。

「這個根本不甜！」想到她丟下一句話，然後用她細小的眼睛瞪著對方，一動也不動的樣子，庄治就覺得好笑，不禁也逐漸喜歡上積丹半島這地方，想說找個三四天的假期，帶著富子到北海道走走應該很不錯。

兩人唯一的一次爭執，起因於他發現富子幫隔壁女人整理店裡的帳目。

那個姓梅澤的女人，庄治也見過。聽說是附近酒吧聘僱的媽媽桑，年紀約三十五六歲，丰姿綽約。有時會在坡道上相遇；有時在公寓前倒垃圾時，對方會用心知肚明的表情向庄治點頭致意。她的五官長得像外國人，在從前，絕對不可能有人是這種長相的。

庄治曾交代富子不要和左鄰右舍來往。但富子因爲請教隔壁的梅澤怎麼用熱水器，兩人才開始交談。

對方聽說富子會打算盤，所以請她幫忙整理帳目。庄治質問說生活費不是都已經給你了嗎？富子回答不是錢的問題。

「因爲我在家又沒什麼事好做。」當她這麼說時，庄治突然覺得富子白胖的身軀顯得很有壓迫感。

一半爲了公事，一半是去旅遊，庄治飛往曼谷、新加坡，離開盛夏的日本十天。當時不乏有許多機會選擇褐色肌膚、身材纖細的女人作陪，結果庄治什麼都沒做就回國了。

身處於山川、風景、人種都是巧克力色的國度，反倒懷念起留在東京公寓的富子她那白胖的身軀。

爲了想光著身體躺在西曬陽光曬熱的榻榻米上吃著涼拌豆腐、毛豆，庄治提早一天打道回府。

從來都沒有和富子一起待到天亮過，今晚就陪陪她吧。何況還帶了價格雖然便宜，但好歹也算是顆藍寶石的禮物。

乾脆不要先打電話通知，臨時敲門給她一個驚喜吧！富子這傢伙會從窺視窗露出什麼樣的眼神看他呢？一想到這裡，儘管已經一大把年紀了，庄治卻還像個小孩子般興奮不已。

和往常一樣在坡道下下計程車，到香菸鋪買了一包菸。雖然富子屋裡總會備好香菸，但他已經習慣一下車便走去敲響香菸鋪的玻璃門。這是庄治開啓風花雪月序幕的信號。

這家店平常都會準備好零錢，今天卻難得用光了。看店的老太婆走回屋裡去拿。店裡面掛著一面小鏡子，映照出庄治等著找零的臉。

和他死去的父親一模一樣。

由於家族遺傳，身材似乎會隨著年紀增長而縮水，竟越來越像老鼠了。唉，算了吧！就算是老鼠也有血脈沸騰、蠢蠢欲動的時刻吧。

那是庄治小學五年級發生的事。

從事木匠工作的父親帶著庄治，去看名爲崔承喜的韓國女舞者表演。

爲什麼父親有那種票？有人給他的嗎？這些庄治已經毫無印象了，唯一記得的是大肚子懷著么妹的母親買了牛奶糖塞進他學生制服的畫面，還有一邊敲擊朝鮮大鼓一邊滿場飛舞的崔承喜。

色彩鮮豔的民族服飾隨著舞蹈動作翻飛，露出了大片汗濕、閃閃發光的雪白肌膚。崔承喜隨著大鼓的節奏像發了瘋似的時而激動，時而狂亂，看在庄治眼裡只覺對方身上一絲不掛。舞蹈結束後，舞者整個人伏在舞台上，滿座的會場頓時響起如雷的掌聲。

庄治驚訝的是身旁的父親鼓掌鼓得比誰都大聲。那個平常總是說不過個性剛烈的母親、唯一嗜好就是坐在陽台下棋的父親，此時身體前傾、半張開著嘴巴不斷拍手的側臉，卻是庄治頭一回看到父親身爲男人的一面。即便是小孩子，也知道這種事回去最好還是別和母親提起。

映照在鏡子裡的是分開十天、趕著去見和自己女兒一樣年紀情婦的臉，也是當年父親的臉。而且印象中崔承喜好像也是皮膚白皙、身材高大的女人。

和往常一樣，庄治敲了敲門。不知爲什麼，魚板大小的窺視窗卻沒有打開。不可能不在家呀，敲門之前，明明才聽見裡面傳來廁所的沖水聲。庄治再次敲了門，屋裡面依然沒有動靜。儘管沒有動靜，感覺上卻是有人。究竟是怎麼回事？過去從來沒有發生過這種情況呀。

隔壁的門開了，媽媽桑梅澤探出頭來。濃妝豔抹的臉孔神情緊張，一副欲言又止，不知如何開口的樣子。

富子有其他男人了！

這個女人知道內情。

「富子！富子！」

這時候哪裡還管得了兩下三回的敲門約定，庄治氣急敗壞地大聲吼叫，用力地敲門。

窺視窗從裡面打開了。

露出來的不是富子的眼睛，而是一副深色的太陽眼鏡。哪裡有什麼男人，根本就別無他人，而是富子戴著墨鏡罷了。

富子的兩眼紅腫得像是在鄉下劇場裡看到的女鬼阿岩（註）一樣。說是庄治去曼谷的第二天，她便動了割雙眼皮的整形手術。幫她居中牽線的就是隔壁的媽媽桑。

「爲什麼你要背著我去做那種事？」庄治怪罪地推了一下富子。

一不小心，富子碰到了櫥櫃，使得原本放在時鐘後面的乒乓球因而滾了下來。乒乓球在榻榻米上彈跳了兩三下，慢慢地滾到房間的角落停了下來。

我就是喜歡那雙眼睛，就像母親手上凍瘡裂痕的眼睛。笑的時候彷彿裂痕張開一樣的眼睛；哭泣的時候，一如水溝淹水般，已分辨不出淚珠形狀，濕淋淋、霧濛濛的眼睛再好不過了。

富子戴著墨鏡坐在一旁。比起原來那雙凍瘡般的眼睛，黑色墨鏡更叫人猜不透她心裡在想些什麼。

富子身上穿著露背裝，裸露的背部因爲西曬的陽光而發出白亮的光澤。指甲上塗著紅色的蔻丹。也許是一種錯覺，感覺她的手臂似乎也比之前要來得緊實纖細。

結果富子一句抱歉也沒有表示。

註：阿岩為《四谷怪談》的女主角，因為被丈夫殺害而變成女鬼復仇。

眼睛周遭的紅腫經過十天之後消了，富子有了一雙和隔壁媽媽桑相似的眼睛。

雖然兩人本來的臉形不同，自然不太可能完全一樣，但都是出自同一位醫生之手，難免會有這種結果。

富子也開始變得多話了。

臉部和身體的表情也豐富了起來，彷彿一天比一天更有自信了。

或許是因爲這個緣故，庄治變得很容易疲倦。

過去從來不以爲意的緩坡，如今連爬都覺得麻煩，甚至要求計程車司機繞路開到坡道上頭。

不過只差個七十圓有什麼好計較的，怎麼之前都沒有想到過呢？

還沒來得及回過神來，雙腳已經踏上緩坡了。眼前看到的不再是過去由下而上時熟悉的人家、庭院，而是第一次進入眼簾的門牌、籬笆。

或許敲了門，富子也不在家吧。下回可能是隆鼻、削臉什麼的，然後漸漸長得和隔壁媽媽桑一樣。原本白胖臃腫的身體，最後變得腿細了、腰身也出來了。

原以爲可以安然地躺在巨大的年糕上面，一定神，才發現年糕已經變成了光滑柔亮的裸體模特兒。

老實說，庄治現在的心情半是覺得惋惜，半是鬆了一口氣。

一直以為不是很陡的坡道，如今站在這上面才知道地勢頗高。放眼望去，底下鋪展著熱鬧的商店街。不論是屋頂、玻璃窗或是招牌，都閃耀著橘紅色的光輝。

晚霞已經布滿天際。

這一年來，庄治經常上下往返於這條坡道上。上坡時背著陽光，回家時天色已暗了。有時歸途上掛念著回家該說些什麼藉口，從來沒有注意到坡道下的黃昏景色。

不去富子的公寓了，不如直接走下這緩坡，到下面的香菸鋪買包菸，攔部計程車回家吧。庄治在坡道中停下腳步，手指伸進了口袋掏尋零錢。

天窗

江口以前並不知道房子也有相貌，會隨著歲月衰老的。直到今年秋天他因臨時異動，被指派做閒差事，這才有所體會。

過去幾乎每晚都有的應酬突然間都沒了，甚至還能在天色還沒全暗的傍晚看到自己的家園。

房子十分老舊了。

火成岩的大門、磨石子的圍牆都蒙上一層白灰了。自詡擅長書法的上司揮毫致贈的門牌也在風吹雨淋之下，看起來就像是一隻穿破的拖鞋。

十五年前買下這房子的時候，那位上司還很看重江口。徹徹底底地利用過後，就像扔掉破鞋一樣配給他閒差事。

五十坪的建地，上面蓋了二十五坪的小房子。爲了配合那塊大得過分的門牌，江口還故意在門邊種了一棵松樹。如今那棵松樹也不復翠綠，顯得枯黃。

工作繁忙時，一早像子彈射出槍膛般趕著上班，深夜往往是叫計程車直接坐到家門口，星期日不是去應酬打高爾夫球，就是累得癱在床上不想動，所以從來沒有機會好好地端詳過自己的房子。房子的外貌肯定就像江口一樣，顯得疲憊不堪吧。

晚報還好端端地插在門邊的信箱裡，以前可不是這樣的。

妻子美津子做事一向都不太俐落，但這一點她倒是勤快，晚報一來立刻就拿進屋裡，放在餐桌上，連老花眼鏡都幫忙準備好。

不止是在公司，連在家裡都被看輕了，江口覺得很生氣。粗魯地抽出晚報時，猛然注意到二樓的窗戶。

母親多佳正從那當作天窗的玻璃窗向下眺望。一時之間他以爲是這樣，然而怎麼可能是已經過世五、六年的母親呢？原來是已經嫁人的獨生女律子。

她看見回到家門的父親，頑皮地行了一個舉手禮，敬禮的動作顯得不太莊重。江口不禁想起了戰爭剛結束時，一群俗稱「乓乓」（註）的風塵女子對著駐守美軍行美式軍禮打情罵俏。

還眞是像呀！

稀疏的眉毛、水汪汪的眼睛、眼睛下方微微隆起的淚堂、宛如輕聲驚叫微張的嘴唇，一切都長得很像。如果挽起了頭髮，簡直就是年輕時多佳的翻版。

最不希望長得相像的人，竟然越來越相像了。一走進屋裡，江口便有種不祥的預

註：對日本戰敗後，以駐守美軍為對象的阻街女郎的一種謔稱。

感。律子該不會做了和母親同樣的事，因此才回娘家的吧？

「跳蚤夫妻」。

江口考上國中時，家裡買了字典當作慶祝禮物。他還記得曾在字典查過這個詞。上面寫著公跳蚤的個頭比母跳蚤要小，內心不禁感嘆原來是眞的，心情也隨著低落了起來。

從小他就聽過有人如此形容他的父母。

父親的身材瘦弱，一副窮酸相。

身材豐滿的母親多佳高過父親一個頭，又梳著高聳的髮髻。

兩人的結婚照片還留存著，但已泛黃變色。聽說有些說話刻薄的親戚還取笑說簡直就是「灶神帚和大米袋」的組合。

穿著前襬有扇形縐摺的禮褲，站得軟弱無力的父親，看起來就像是靠在一身雪白、戴著頭巾的高大新娘身上一樣。

清潔爐灶的灶神帚通常都是掛在廚房角落的柱子上，每次有人開關後門，掃帚便跟著搖來晃去。

父親生性懦弱。

出門時，大件行李都是母親多佳拿著。入夜後，有時吹起了寒風，多佳還會取下自己的圍巾套在丈夫的脖子上。

父親到了夏天肯定會拉肚子，冬天則經常傷風感冒。所以上班回家後，入睡前必須做蒸氣吸入治療。蒸氣吸入機放在暖桌上，因爲怕熱氣猛然噴出有危險，因此會先由母親張嘴測試過蒸氣溫度後，再幫父親圍好脖子上的毛巾。張大嘴巴用力吸氣的父親嘴邊沾滿了白色蒸氣凝結的水滴，看起來越發窮酸了。

父親很怕冷，母親多佳則是怕熱。即便是在冬天，多佳也會因爲腳底容易發熱，睡覺時將雙腳伸出被窩。

江口曾經半夜口渴走到廚房，聽見隔天早餐要用來煮味噌湯的蛤蜊在水桶中發出聲響。一時好奇心起，打開貝殼想看看是哪一部分發出聲音，結果看到白色長條狀的肉足。多佳從褐色被窩裡伸出來的腳，就和它很像。有時可能是被聲響給嚇到，蛤蜊會噴水。據說要讓蛤蜊吐砂，最好放進金屬器具，所以家裡常會將生鏽的菜刀一起放進水中。

不論是水中的貝殼、菜刀，還是母親從被窩裡伸出來的雙腳，都讓江口看得怵目驚心。

父親則是完全相反，經常是套上駝色的衛生褲睡覺。

母親很會喝水。她喜歡喝生水，常常滿滿地接了一大杯水，喉嚨咕嚕有聲地豪邁暢飲。

父親因爲喝生水會拉肚子，所以得燒開放涼，然後用小茶杯飲用。然而他卻不常喝水。

母親的髮際部分很容易流汗，父親則是除了睡覺盜汗外不太出汗。

江口幼小的心靈常納悶，爲什麼差異這麼大的兩個人會結爲夫妻呢？

「各式各樣都混在一起比較好吧，」多佳笑著回答，「不然的話，就生不出健康的小孩呀。」

那是和母親一起回足利前的對話吧？

多佳的娘家就在足利，多佳是一家大染坊的女兒。

「健一沒有一起回來嗎？」

江口還以爲律子的鞋子旁邊當然會有孫子健一的小鞋子，但鞋子只有一雙。

出來迎接的妻子美津子輕輕搖頭，豎起了一根指頭。

大概是表示：「只有律子一個人。」

雖然本來她的話就不多，但從她神情嚴肅的搖頭方式，似乎對二樓的人有所顧忌，江口不禁覺得自己的預感成眞。

「出了什麼事嗎？」

美津子在嘴唇上豎起手指。

「待會兒再跟你說。」然後又追加一句：「你可什麼都不要問呀。」

就在她低聲耳語的時候，律子嘈雜的腳步聲從二樓下來了。

「難得回來得這麼早，不是嗎？」

「自從調到總務的工作，每天都是這樣呀。你說對不對？」

沒有上過班的女人就是這麼地殘酷。男人最不希望聽到的事實，總是輕易地脫口而出。

「那……年底的時候拿包巾來也沒用嘍？」

律子指的是江口當業務部經理時，客廳裡堆滿了人家送的年節禮品。

「從今年起用紙袋裝就綽綽有餘了。」江口半開玩笑地自嘲，同時發現有個眼熟的旅行包放在客廳角落，是律子的。看來她果然是要住在娘家。

兩個女人走進了廚房，邊聊天邊做晚飯。

記得那個時候用的是藤編的行李箱。

那是一個寒風凜冽的冬夜。江口由提著大藤籃、臉上蒙著胭脂紅披肩的多佳牽著，不記得是搭上了火車還是電車。因爲是去足利，也可能是搭乘東武電車吧。

因爲喜歡交通工具，江口和往常一樣，一坐上車便眺望窗外。可是窗外一片漆黑，什麼都看不見。

「爲什麼爸爸沒有一起來呢？」雖然江口當時只有五、六歲，也知道不應該這樣問大人。

還不就是因爲阿德的關係！他多少也知道原因所在。

阿德是父親公司裡的小弟，是個貧苦的學生，好像還在讀夜校。生性沉默寡言，身材高大，如果比賽摔角的話，公司裡面大概無人能出其右。因爲他的力氣大，遇到家裡要大掃除、整理庭院、釘架子、清洗煙囪時，父親就會叫他來幫多佳的忙。

有一次用餐時候到了，阿德坐在走廊邊，打開鋁製的大便當盒。母親多佳在後面倒茶給他喝，突然伸出手來，抓了一口阿德便當裡的菜塞進嘴裡。江口看到那畫面時心頭一震。

應該也是在同一時期吧，江口有一個室內用的鞦韆。是用藤條和木板製成的箱型鞦韆，掛在門梁上給小孩子玩耍用的。鞦韆籃的兩側和靠背貼著紅色花樣的人造絲。江口覺得太女孩子氣，不是很喜歡，但因爲自己遺傳到父親的體質容易感冒，家裡不太讓他出去玩，只好將就。阿德常常幫江口推鞦韆。阿德推鞦韆比父親還是母親都要來得高，很得年幼江口的歡心。

阿德有時來家裡了，卻沒有來幫江口推鞦韆。他去哪裡了呢？阿德和母親一起進了後面的房間，留下江口一個人在客廳。

儘管鞦韆停止晃動，他還是沒有出來。

江口爬下鞦韆，自己一個人搖晃鞦韆。只見紅色人造絲花樣的鞦韆籃在黯淡的客廳裡晃蕩著。

印象中母親牽著他去足利，就是在那之後。

江口在足利染上了下痢。

染坊的棉被，不論是蓋的還是墊被，都用灰色、藍色的樣品布拼接而成，感覺很奇怪。

深夜裡醒來時，正好看見從東京趕過來的父親。父親二話不說便跳上來甩了母親一巴掌。

記得下一次再醒過來時，還是半夜。父親跪在榻榻米上向母親低頭賠罪。之後發生了什麼事江口就沒有印象了。唯一記得的是，他從此再也沒看到小弟阿德了。

江口在相親時之所以選中美津子，就是因爲她和母親多佳是完全相反的類型。「怎麼長得跟牛蒡一樣呢？」在相親的回程上，多佳如此批評完後，發出了輕蔑的笑聲。

的確，比起又白又高又美麗的多佳，美津子就像是牛蒡。黑到骨子裡的膚色，身材又瘦削。但江口看上眼的，就是她自知不是個充滿魅力的女人而微帶謙卑的樣子。或許和她一起生活將缺少樂趣，可是至少這種女人不會背叛丈夫吧。江口才不想重蹈父親的覆轍，嘴裡誇耀著自己娶了漂亮妻子，終其一生卻陷入了嫉妒的深淵。從來沒人稱讚過美津子「漂亮」，倒是都說她「樸實」、「會理家」。這讓江口覺得很滿足。

他們婚後第二年生了一個女兒，就是律子。

「長得好像祖母呀。」

江口聽了十分緊張。

看來還眞的有所謂的隔代遺傳！

白白胖胖的樣子、動不動就想喝水、很容易流汗等，都和多佳一模一樣。

記得是律子三歲那年吧？

剛洗完澡的江口一走進客廳，便看見律子整張臉貼在電視螢幕上。

「不可以舔電視！」話說到一半，江口嚇住了。

律子居然是在親吻電視畫面上的男演員。

等到回過神來，律子已經跌坐在榻榻米上放聲大哭。推開閒訊前來制止的美津子，江口又打了律子二、三下。

江口就是在那天晚上，告訴美津子有關母親的醜聞。

隨著年紀增長，律子越來越像多佳。每次聽到有人稱讚「好漂亮的千金呀」，江口的內心眞是憂喜參半。當律子化妝太濃、做了顏色太過鮮豔的新衣服，或是有男朋友打電話來時，江口都會很明顯地露出不高興的臉色。

多佳過世，正好是在律子決定結婚日期的時候。

她死得很突然。

七年前送走了經常臥病在床的丈夫後，多佳成了寡婦，但外貌看起來比實際年齡少了十歲，身體也很健康。

出門買東西搭乘公車回家時，因爲到了終點她人動也不動的，車掌準備搖醒她時才發現她已經斷氣了。說是心臟痲痺。

在她的購物袋裡，有一條百貨公司包裝紙包著的領帶。是要送給誰的呢？守靈那晚大家討論起這個話題。

「該不會是要送給律子的先生吧？因爲婆婆一向都喜歡年輕的帥哥。」美津子說，在場的其他人也都表示贊同，只有江口並不那麼想。

或許多佳在任何時候，都少不了阿德或像阿德那樣的男人吧？

應該是在阿德不再出現在家裡以後吧，江口曾經發現多佳趴在二樓的窗口往外面眺望。

位於二樓樓梯間上面有一扇天窗，多佳整個人攀在窗口上觀望良久。從那裡看出去，可以看見對面的高級中學運動場。

多佳應該是在偷看高中男學生上體育課吧？江口曾經看過他們裸露著上半身在做

體操。

之後父親便從屋頂上摔下來受傷了。父親因為傷了脊椎，有好長一段時間請假在家。當時他爬上屋頂，該不會是想為那扇窗戶加上遮蔽物吧？

父親一定也是從窗戶的另一邊看到了多佳迷濛的眼神、一眨眼便淚水汪汪的眼睛，以及唇形微張、彷彿隨時都會發出一聲「啊」的嘴巴。

父親受傷的腰部到了冬天就會作疼，益發顯得老態龍鍾。

美津子建議江口將多佳那條對象不明的領帶留下來當作紀念，但因為腦中閃過這樣的景象，江口當然反對，決定放進母親棺材裡一起火化成灰。

晚餐的菜肴比平常豐盛許多，可是江口的心情卻很沉悶。

心中擔心有什麼事，但被下了封口令不能提。妻子美津子明明知道，卻還故作輕鬆地說些無關緊要的話。就是這一點讓他很不高興。

只有她自己知道，彷彿這就是作為母親的小小幸福。不論是那種隱藏小祕密的眼神，還是故意挑選出來的開朗話題，都讓江口感到不悅。

反正最後都會知道的，何不大大方方說出來呢？其實江口大概也猜得出是怎麼回事，他努力按捺住想說的心情結束了晚飯。

準備飯後水果時，美津子突然抱著胸口蹲在地上。因爲她有膽結石的老毛病，雖然不必太過緊張，但由於外面下雨了，江口不禁擔心請醫生出診有困難。

然而美津子像隻蝦子彎曲著身體，嘴裡報出了經常看診的醫院電話，還說：「只要跟小醫生說是我，他一定會來的。」

說是小醫生，其實也四十出頭了。由於打高爾夫球的關係，練出一身黝黑而健壯的身體。

醫生一下車，傘也不撐快步地衝進了屋裡，不等有人帶路，便逕自來到美津子所在的房間。

從他走路的方式和速度，就知道他已經來過許多次了。

美津子敞開胸部診療的期間，江口和律子坐在隔壁的起居室。在美津子說明疼痛的聲音裡，有著江口過去從未聽到過的濕黏與甜美的感覺。

江口試圖克制住自己想推開紙門，闖入隔壁房間的小小衝動。

那天晚上，還有一件事讓江口十分意外。

在廚房裡喝水的律子，對著同樣要喝水的江口說：「還是跟爸爸說了吧！」

律子從少女時期就習慣用清水沖洗過杯子後，用力甩兩下甩乾水分，再放回原位。她一邊動作一邊說：「我先生在外面好像有女人。」

江口聽了笑了出來。

就像水開了，逐漸冒出氣泡一樣，笑意不斷湧上，江口大聲笑著。

「有什麼好笑嘛？這一點都不好笑呀！」

律子生氣地嘟起了嘴，她的側臉比起多佳更像媽媽美津子。江口的笑意還殘留在心裡。

雖然有點對不起律子，卻覺得這樣很好。這才對嘛，這才有天理。感覺父親的仇讓女婿給報了。

江口拿起了律子放好的杯子盛水，心裡想：話又說回來，自己原本以爲絕對沒問題的美津子竟發出那種嬌媚的聲音，就算沒有進一步的踰矩行爲，發現她有自己所不知道的女性部分也已經夠驚訝了，居然連對律子的判斷也出了問題。江口不禁嘆了一口氣。

留存在記憶之中關於多佳的諸多情景裡，究竟哪些畫面具有重要的意義呢？江口這才發覺，原來自己也和父親一樣，竟是那麼地愛慕著多佳。

與其將二樓的天窗裝上遮蔽物，首先應該換掉那塊陳舊的門牌吧。就算書法不怎麼樣，也還是掛上自己寫的字比較好。江口慢慢地喝著涼水。

三層肉

樟腦丸的味道附著整個身體。不論走到家裡的哪個角落，味道就是如影隨形，讓半澤覺得坐立難安。

味道來自妻子幹子的外出服。爲了參加今天晚上的喜宴從衣櫥裡拿出來，掛在牆上通風。

幹子很神經質，做菜時鹽、胡椒等調味料也下得很重。很想告訴她樟腦丸的味道太濃了，但在喜宴結束前，還是別多嘴的好。

半澤仔細端詳著洗手間鏡子裡自己的臉。離五十歲還早得很，鬍鬚卻已經開始發白了。先有白頭髮的人倒是幹子，她應該是從前年開始使用染髮劑的吧。

剛開始的那一年，還很小心地將染髮劑藏在櫃子最裡面，不讓半澤看見，最近卻很粗心地忘記在洗臉台上。大概是昨天才染的吧，感覺這次染得比往常都仔細。

問題是在進入喜宴會場的時候呀，半澤不由得按著自己的左臉頰。在會場入口向新娘打招呼時，只要這裡不要抽動就好了。每當不想讓別人發覺內心的不安，半澤的左臉頰往往故意背叛主人，開始痙攣，而幹子是不可能沒看見的。

新娘大町波津子當了半澤五年的祕書。

只要想著波津子身穿藍色罩衫、低著頭打字的瘦削肩膀，或是送文件來蓋章時畏畏縮縮的動作就好了。再不然，想起新年和其他同事一起來家裡拜年，陪孩子們玩百人一首（註）紙牌的她就好了。千萬別弄錯了，想起那次發生的事。

波津子做事開始明顯出現差錯，是在去年的這個時候。

她固然不是很機伶的人，但做起事來還算有板有眼。所以一旦常常忘記轉達留言或是打字錯誤，身為主管是沒辦法睜一隻眼閉一隻眼的。同事們還謠傳她被未婚夫給甩了。

半澤決定下班後請她吃飯，方便的話，談談她的近況。波津子提起自己目前得照顧在退休前突然半身不遂的父親，以及未婚夫事到臨頭竟打了退堂鼓，然後語氣一轉，笑說「算了，都已經是過去的事了」，並對前來詢問牛排熟度的服務生說「三分熟」。

「三分熟應該是很生的狀態吧？」

「沒錯。吃完血淋淋的牛排，明天起就得振作了！」波津子點了一下頭後，一臉

註：原為百位日本詩人的和歌選集，據傳為藤原定家所編選。此處指的是年節時玩的紙牌遊戲，由司儀唸出上闋後，參與遊戲者搶先從平鋪在地面上的紙牌中找出寫有和歌下闋的紙牌。

嚴肅地說：「經理！可以麻煩您一件事嗎？」

「什麼事？」

「可以陪我去打電動嗎？」

有位高級主管曾形容波津子是「長著一副廉價女兒節娃娃（註）臉蛋的女孩」。半澤家裡的女兒節娃娃是已過世母親的嫁妝，據說是古董，所以他沒有看過廉價女兒節娃娃長得什麼樣子。此刻看來，果然眼睛、鼻子、嘴巴都生得小巧，長相十分平凡。唯一的優點是皮膚很細緻，身材也像女兒節娃娃一樣扁平，是個不適合穿洋裝的女孩。

在西餐廳昏暗的燈光下，直接面對著女兒節娃娃的單眼皮，居然有一種出乎意外的力度，讓半澤感覺並不討厭。

那天晚上，波津子拚命地舉槍四射。

投進百圓硬幣後，畫面上便會陸續出現飛碟。玩法就是瞄準飛碟射擊，她說不打到三百分就不回去，將皮包交給半澤，中了邪似地射擊。邊打還邊罵：

「王八蛋！」

「混帳東西！」

大顆的淚珠不停湧出。

半澤心想不能讓她這樣子回去，又請她到附近的酒吧喝酒，接下來發生的事只能說是著魔了。

回到家時，已經過了十二點。

打開家門一看見妻子幹子的臉，半澤嚇得魂都飛了。她整張臉腫成了紫紅色，擠得眼睛和嘴巴都看不見了。說是換了新的染髮劑，引起了過敏反應。但半澤覺得都是自己的錯，妻子才會變成這樣子。以前也不是沒有在外面偷吃過，但和下屬發生關係卻是頭一次。就當作是酒後的過失吧，明天起盡量不要和波津子的視線對上了眼，裝作若無其事就好了。

大約是一個星期後吧。

拿文件來蓋章的波津子輕輕地發出「噠噠噠噠」聲的射擊聲後回到了座位，仍是那副「廉價女兒節娃娃」的臉蛋。

半澤心想波津子和自己的大女兒應該只差五歲吧，又想到上次回家後看見幹子因

註：三月三日為日本女兒節，有女孩的人家會在客廳裝飾排列成架的古裝娃娃。

爲染髮劑過敏的臉。不知不覺之間，腳步竟不知不覺走向了電動玩具店。

波津子在同樣的地方玩射擊飛碟的遊戲。

這次她沒有哭，但是半澤看見她瘦弱的胸前抱著大型槍枝，便不忍心離開。搭著她瘦削的肩膀，兩人去了上次的那間酒吧和那間飯店。

到此爲止都和上次一樣，可是當晚半澤的身體卻不聽使喚。

兩人尷尬地躺在一起後，波津子沉默地執起半澤的手，滑向被單下自己的腹部。

在盲腸附近隆起了一個類似橘子籽大小的小肉瘤。波津子讓他用指腹觸摸之後，提起了國中二年級春天的往事。

當時班上流行鉤蕾絲。

因爲上課時，有學生會在桌底下繼續鉤，因此學校下令禁止，但大家仍背著老師偷偷編織。那天波津子偷懶沒有打掃，忙著鉤東西，眼看就要被老處女導師給逮個正著，她連忙將東西塞進裙子的口袋，並迅速趴在地板上準備擦地，料不到銀色的鉤針卻刺進了肚皮。

雖然立刻被送往學校的醫務室，但不知道是鄉下校醫的技術不好，還是體質的關係，之後便留下了這個肉疙瘩。

「用牙籤在酸漿果刺一個洞的時候，不是會發出『噗滋』一聲嗎？聲音就像那個一樣！」

爲了不讓半澤覺得難堪，波津子故意說出自己最丟臉的糗事。那天晚上，半澤爲自己彷彿年輕十歲的體力，感到十分訝異。

和上次一樣，又是十二點過後才回到家。

臉上大致已經消腫的妻子前來開門。半澤發覺自己的左臉頰有些抽動，心想太危險了，這樣會露出馬腳的。半澤裝出若無其事的樣子，暗示主管調動職務，不久波津子便調到別的部門了，加上彼此在不同的大樓上班，碰面的機會也減少了。五年來必定會到家裡拜年的她，今年就沒出現了。

「大町小姐怎麼了嗎？」幹子一邊用薄紙包裹屠蘇酒具（註）收好，一邊盯著半澤詢問。

「應該是去她部門的經理家吧？人都是這樣的。」半澤本來想笑著敷衍過去，卻感覺到左臉頰抽動了一下。

註：相傳在新年喝屠蘇酒能避邪。

到了三月，家裡擺出女兒節娃娃。

半澤夜裡起床上廁所，穿過起居室回臥房的途中，腳步忽然停住了。幽暗中靜靜佇立的女兒節娃娃的臉，儼然就是那天晚上閉著眼睛，躺在半澤懷裡的波津子的臉。

尤其是三女官最右邊的那一個特別像。半澤克制住想脫掉女官暗紅色褲子的衝動，一邊笑罵自己都已經這把年紀了還這麼老不修，一邊走回床上，內心卻還十分懷念指腹撫摸她那橘子籽般肉瘤的觸感，甚至覺得躺在旁邊睡覺的幹子那張四平八穩的大臉十分礙眼。

忽然看到那封邀請他們夫妻一起出席的結婚喜帖時，半澤的左臉頰又抽動了。畢竟新年時她來過家裡，幹子也曾送她領巾等禮物，一起邀請他們夫妻倆出席也很正常。只是想到她都已經調到別的部門了，不禁有種被安全別針刺傷的感覺。

「你應該不必出席吧？」半澤問。

正準備若無其事地在禮金袋上只寫上自己的名字，幹子卻持反對意見，只因她想讓年底新做的外出服出門透透氣。就連結婚禮金一萬圓，也因爲「畢竟人家幫你做過事」的理由而加倍了，害得半澤心情十分沉重。

其實沒什麼好擔心的。

進入結婚會場前，半澤就被結婚後離職的女職員給拉走了，因此得以和幹子兵分兩路。

媒人夫婦、新郎新娘、雙方家長並列的入口，排列著幾個等著打招呼的來賓。

或許是濃妝的關係，華麗的波津子看起來像是換了個人似的。站在她後面穿著和服，小巧的五官長得像老舊女兒節娃娃的婦人，應該是波津子的母親吧。只有在經過他們面前時感覺很不自在，就像是搭飛機前，在機場必須先通過X光閘門時的沉重心情一樣。

「恭喜呀！」

「恭喜恭喜！」

半澤覺得自己賀喜的聲音似乎有點太大了些。可是只有大聲地又說又笑，左臉頰才不會抽動呀。

波津子微笑以對，並且抬頭看著身旁的新郎介紹說：「這位是我以前的經理。」

新郎身材高大、看起來人很好，或許是因爲穿著一身白色的禮服，很像是剛出道的歌手。

來賓都就位後，新郎新娘進場了。幹子突然湊過頭來，對著正在拍手的半澤說：

「大町小姐是不是有喜了？你沒看出來嗎？」

幹子耳根附近散發著濃烈的香水味。

在計程車裡還沒有感覺味道那麼濃，大概是在進場後又重新噴灑的吧。她習慣在皮包裡放著一個小指頭大的香水瓶，隨時用指腹沾在耳垂上。

「大概有三、四個月了吧！」

半澤不知如何回答。

那個原本扁平如空荷包的腹部，如今像吹漲的白氣球。不知道盲腸附近那個如橘子籽大小突起的肉瘤變成怎樣？

她是否已經讓那個一身白色禮服、猛流汗的新郎撫摸過那顆肉瘤了呢？

半澤覺得應該還沒有。

腦海中浮現了在幽暗的起居室看到的女兒節娃娃臉蛋。一邊聽著結婚進行曲，半澤發現自己竟用右手的中指指腹摩搓著左手背。

幹子探出身體用力地鼓掌。

她沒有發覺。也曾覺得她可能已經發覺了，但似乎是自己想太多了。半澤也跟著一起鼓掌。

在回程的計程車上，半澤睡著了。

大概是精神繃得太緊了吧，再加上酒酣耳熱的關係。尤其是怕幹子和他說話，乾脆一上車便假裝打瞌睡，不知不覺便睡著了。

自己也覺得有點過分。

幹子搖醒半澤準備下車時，笑著說：「新娘這會兒該不會也在新幹線裡打起了瞌睡吧？」

半澤心驚膽跳了一下，還好左臉頰已經不再爲這種小事抽動了。

像這種夜晚，最好就是洗個熱水澡，然後看看無關痛癢的電視節目，喝點睡前小酒早早便上床。然而回家一打開大門，竟見到出乎意料的人出來迎接。

「嗨！」

打招呼的是半澤大學時代的好友多門。

或許是兩人臭味相投，從大學時代起幾乎不到三天就要見面的死黨，從某一段時期開始疏遠了。約莫是在十年前吧，彼此在公司常光顧的高級餐廳走廊重逢後，又開始半年見一次面的交誼。不過像這樣直接來到家裡等候，倒是頭一遭。

「其實來找你也沒什麼特別的事啦。」

剛好到附近，便打電話過來，聽說夫妻倆去吃喜酒，心想應該不會等太久，便擅自要求進屋裡等了。

「我在這裡小酌，等著你回來呀。」

他做出拿起酒杯的樣子。

半澤覺得半年不見，多門似乎瘦了。

「哪像你們公司日正當中呀，我們公司又是不景氣，又是被工會夾攻，哪有時間發胖呢？」

他雖然半開玩笑地打發了，可是眼尾的皺紋似乎又加深了許多。

兩人接著便開始喝酒。

或許是因爲彼此都已經先喝過了的關係，不到平常一半的時間，便已經醺醺然了。連不會喝酒的幹子也陪著喝甜酒，夾在中間照料兩人。

突然間，多門問：「我有沒有借什麼東西沒還呢？」

沒什麼印象呀！

以前，彼此之間確實常互有借貸。

有段時期，半澤的錢包就等於是多門的錢包，兩人也曾經共用一本辭典，但現在已經不復那種交情了。

半澤如此回答後，多門輕輕點頭幽幽地說：「你曾經救過我一命。」

「那時候山窮水盡、一籌莫展時，曾想不如一死了之算了。」

半澤約莫猜出了多門指的是什麼。

那是二十五年前的事了。

多門剛從學校畢業，便內定進入一家很好的公司上班，偏偏竟罹患了肺結核。不得已須先停職一年，到郊外的療養院接受治療。雖然當時已有新藥問市，這種病也不再是絕症了，可是進公司還不到一年便生病，簡直和臨陣脫逃沒什麼兩樣。

當時半澤的日子過得也不怎麼順遂。

半澤的母親不答應他和學生時代起便開始交往的幹子結婚，原因出在幹子爲了賺取學費，曾有一段時期在新宿的酒吧幫忙打雜。

「我唯一不能接受的，就是那種像風塵女子般豎起小指頭喝茶的人。」

這是母親的說詞。

在戰後幣制改革的艱苦歲月裡，半澤靠著母親在家接用軍毯改製成大衣等手工才能上大學，他實在沒有拋棄父母離家出走的勇氣。

每半個月和幹子一起去探望多門的習慣，也很自然地減少了。

因爲一去探病，多門就會把他們的事當成自己的事一樣，擔心兩人的未來，責怪半澤的優柔寡斷。躺在病床上無事可做，或許這正好讓他有得忙吧。結果半澤疏於探望的理由之一，其實是害怕聽到自己敷衍多門的說法。

即便半澤不再常去療養院後，幹子似乎仍經常去探望唯一肯幫她說話的多門。

儘管幾經波折，半澤一年後終於還是和幹子成家了。多門也從療養院回來，在宿舍無所事事三個月後，考進了現在的公司。多門說他走投無路的時期，應該就是這段期間吧。

他準備了一升的燒酒。

三捲用來黏貼縫隙的膠帶。

將破了洞的襪子和穿髒的衛生褲用布巾包起來，在去澡堂的路上丟進了澀谷川。

接下來回到租來的房間，一邊喝著燒酒，一邊將門縫和窗戶的縫隙貼起來，然後打開瓦斯開關便一了百了。正當這麼想時，忽然心頭掠過一本向半澤久借未還的書。

「我突然想到，竟然將那本扉頁用紅筆寫著『敬請歸還』的書借給了別人，於是跑到代官山拿回來，又趕到你家還你。」

半澤的家在三軒茶屋，多門捧著書走在狹小的暗巷裡。

那時東京的街頭很荒涼，空襲後的餘燼還到處可見。從逃過戰火的低矮平房裡面傳來嬰兒的哭聲。或許是放掉的洗澡水吧，一種充滿水垢的懷念氣息從水溝蓋之間冒了出來。

「眞是敗給了那種味道，叫人感觸良多……突然覺得就這麼死去很愚蠢。」

多門彷彿是在談論別人的自殺似的。說完之後，又添了些威士忌進半澤的酒杯裡。

幹子發出一聲悶了許久的長嘆，起身打開了窗戶。

當時也是在窗戶前面。記得站在外面的多門敲了敲窗戶，默默地將書塞給了來開窗的半澤，然後轉身就走了。

那時，半澤忙著籌措和幹子的結婚費用，根本無暇注意到來還書的朋友眼神有何異常。

「你應該不記得書名是什麼了吧？是野上豐一郎（註一）的《西洋觀摩》呀。裡面還有一幅哥雅（註二）的鬥牛素描。」

可是半澤連那幅畫也完全沒印象。

廚房裡傳來烹煮食物的香味。

幹子到廚房準備消夜時，多門沉默地從窗口眺望著狹小的庭院。

那個時候的幹子人很瘦。

雖然整個日本的男男女女都不胖，但幹子卻顯得特別瘦，身上總是穿著當時流行的白色鯊魚皮套裝。不知是因爲沒有替換的衣物，還是想讓半澤看到最好的一面，甚至連衣領都髒成了淡灰色還繼續穿。

有一次，半澤發現她的白色裙子後面沾染上了綠色污漬。

她解釋說：「坐在草地上聊天，不小心給沾上的。」

可是僅僅坐在上面就能染得那麼深嗎？當時幹子用的手提包提帶也扯斷了，當半澤看到她用很笨拙的方法接回去時，她還笑著解釋說：「朋友家的狼狗跟我玩的時候，給拉斷的。」

半澤心想那隻狼狗該不會是多門吧？會如此懷疑，大概是曾經聽說有的療養院的病人會在夜裡溜出病房，跑到森林幽會。

記憶中多門來還書，好像就是在那之後不久！

幹子捧著熱氣騰騰的大海碗進來。

裡面裝的是切成大塊的蘿蔔燉肉。

「叫小孩去買肉，搞錯了買了三層肉回來。不知道合不合你的口味？」

所謂的三層肉，是指牛的肋骨附近，瘦肉和脂肪疊成三層的部分。雖說價格便宜，但因爲火候夠、煮得入味，吃起來又軟又可口。

幹子和多門都夾起了肉塊大快朵頤。幹子比往常鮮紅的嘴唇因爲油脂而漾著光澤，彷彿只有那裡是活的，嚼著肉塊，將油水往嘴巴裡送。

原本看起來無精打采的多門，或許是因爲燈光的關係，嘴裡的肉也鮮紅得像是生

註一：野上豐一郎為日本文學家，也是著名文學家夏目漱石的弟子。

註二：哥雅（Goya, 1746-1828）：西班牙著名畫家，以奇異多變的油畫、素描和版畫形式，深切反映出當時社會政治動亂的現象。

肉一樣。

「牛肉還眞是奇妙呀！」多門說，「明明只是吃草，爲什麼會長出這麼多的肉和油脂呢？」

幹子一邊用手背拭去嘴唇上的油光，一邊回應說：「而且說起來，比起豬肉，牛的肥肉更難消化呢！」

三個人聊著牛肉的味道如何香濃夠勁，繼續吃肉。

平靜安穩，一如默默吃草地度過每一天；驀然回首時，已成爲身上結實的肌肉和脂肪層了。肩膀、胸口、腰身都很單薄的波津子，再過二十年也會變成幹子。就像幹子悶不吭聲一般，波津子肯定也將不發一語地活到年老。

多門說他要去做腸胃科的健康檢查。

「我下個星期要進去一下。」

「你可以吃這種肉嗎？」

多門沒有答話，而是伸出筷子夾起了缽裡的三層肉。

半澤心想，二十五年前因爲歸還《西洋觀摩》而保住一命的多門，今晚是來還什麼的呢？還是只是來討個吉利呢？半澤不認輸地也嚼起了肉塊。

曼哈頓

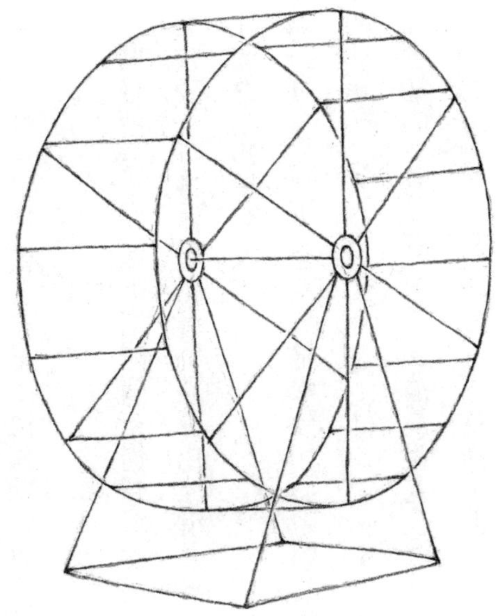

自從老婆離家之後，睦男學會了很多事。

麵包過了三天會變硬；土司放一個星期後就會發黴；法國麵包放一個月後會硬得像木棒一樣。

牛奶就算是放在冰箱裡，一個星期後也難保不出問題。提到了冰箱，睦男曾經從裡面找到一個裝有綠色液體的塑膠袋，可是他不記得買過綠色冰淇淋呀。左思右想之後，才發現是老婆杉子三個月前放進去的小黃瓜。

記得中學時曾學到，小黃瓜的百分之九十七或八是水分。心中固然爲這遲來的證實而感動，卻也從此不太敢打開冰箱。

看著深夜的電視長片，就在客廳的沙發上睡著了。凌晨被電視沙沙作響的聲音吵醒。若是睡在雙人床上，眼睛一張開就會不自覺地去探索枕邊人的手臂、身體。因爲討厭失落的感覺，便養成了睡在客廳的習慣。

以彆扭的姿勢睡久了，一起床，只覺渾身關節僵硬疼痛。弄響關節舒緩緊繃的筋骨時，公寓的信箱裡冷冷地傳來塞進早報的響聲。一邊吸菸一邊讀報，連不可能購買的公寓廣告、釣魚專欄上「比目魚海釣五大訣竅」的文章都讀遍了。求職欄之類的則是絕對不看。

繼續又躺回沙發椅上，迷迷糊糊地睡到將近中午。快十一點時，起來洗把臉。沾染著牙膏飛沫的模糊鏡子裡，映照出一個三十八歲失業男子浮腫的臉。感覺空氣污濁，連時間也跟著腐爛了。

到了十一點半，便踩上涼鞋到附近的陽來軒點了盤廣式炒麵。炸得脆硬的麵條容易刺到上顎不好入口，儘管如此，這種自我虐待的感覺反而舒坦。有時也會想點別的東西來吃，可是一坐上位子，自然又順口叫了廣式炒麵。

這一個月來，完全過著千篇一律的生活。

現在睦男的牙齒只適合吃陽來軒的廣式炒麵。唯有咀嚼廣式炒麵時才是活著的，其他時間就像行屍走肉一樣。

因爲還有母親留下來的公寓可收租金，生活上暫時不會出問題。但趁著還有失業津貼可領，還是得找到工作才行。話又說回來，應該是不可能找到條件比以前更好的工作了。做總務的上班族可說沒有一技之長，要找工作談何容易。

叼著牙籤走到書店晃晃，買了一本雜誌後踱步回家。商店櫥窗上映照出睦男細長的身影，恍如靠在廚房牆壁上變硬的法國麵包一樣。

「像你這樣的人就叫做手無縛雞之力！」離家出走的杉子經常這麼說他。

牙籤好像觸到臼齒的神經，劇痛一下子衝上了腦門。

早知道在分手前就應該先把牙齒治好，卻又為自己這種小氣的想法感到好笑，難怪老婆會跑掉！

杉子是個牙醫。

人固然長得漂亮，卻總是愛說些歪理。

比方說家裡來了客人時，會叫外賣的壽司。若有剩下，杉子會將上面的魁蛤、章魚等配料全部吃掉，理由是那些東西又貴又有營養，不吃可惜。話是沒錯，但是看到黑色壽司盤上只剩下七、八個白色的壽司飯，不免覺得十分寒傖。就連當年愛上杉子時，覺得她神聖挺立的臉孔都顯得卑賤了起來。

杉子很喜歡支配人。

睦男想要喝黑咖啡時，她會以傷胃的理由，硬是加了一匙砂糖進杯裡。

也許黎明前作的那個夢就是因為這個緣故。

睦男走在走廊上。

那房子既像是棟大樓，又像是座公寓。敲門之後，門開了，只見空蕩蕩的房間正中央，杉子正在幫睦男治療牙齒。脖子以下覆蓋著白布，好像撐著白色的帳棚一樣。

正當他這麼想時，自己已經和躺著接受治療的睦男對調了過來。

那機器叫做什麼來著？從嘎嘎作響，幫牙齒鑽洞的機器前端噴出白砂糖。白砂糖從睦男的嘴裡溢出，沿著脖子流到地板，逐漸形成了一個類似白色帳棚的大三角形。

好痛、好甜、嘴巴好痠呀！

不知從什麼時候起，睦男又和站在走廊目睹這一切的他對調了位置。此時幫睦男治療的人已非杉子，而是牙科醫生稻田。大約一年前，就是這個男人將原本在診所工作的杉子挖角到他開業的現代化牙科醫院。經由介紹，睦男只見過對方一次，唯一留下印象的，是對方有著野豬一般粗壯的脖子和戴在小指頭上的金戒指。當時杉子對稻田的態度十分有禮，如今想來那就是徵兆。

白砂糖發出沙沙的聲響不停流動，在睦男脖子下形成一條發亮的圍裙，也堆積成一座白色的金字塔。好痛呀好痛……就在這時驚醒了。整夜開著沒關的電視正閃爍著白色的線條，發出了同樣的噪音。

睦男走在馬路邊。

貼著路邊走，肩膀都幾乎要碰到石灰牆了。倒不是他認為失業的人不可以走在路中間，只是他不想罷了。

一旦下定決心那麼做，就好像不連著吃廣式炒麵就覺得心裡不踏實一樣。

從陽來軒出來，去了一下書店，買了一本週刊，踏上每天都走的路回到公寓。進家門後，立刻到廚房察看靠在牆邊的法國麵包乾硬程度，順便喝杯水。然後又躺在沙發上，將週刊從頭翻閱到尾，到了七點播新聞時便開始喝啤酒，叫餐廳的外賣。這就是他每天的生活模式。

然而那一天無法如願，習慣走的回程路上被一輛大卡車給擋住了。有家店面好像在重新整修，正在搬運拆卸下來的廢料、木材。因爲是大馬路旁的一條小巷，加上灰塵很多，睦男心裡知道最好是繞道而行，但他卻不那麼做。既然決定走這條路了，無論如何他就是非走不可。如果在這裡屈服的話，感覺就像是自己認輸了一般。

爲避開灰塵眯著眼睛經過時，睦男忽然想起這家店在昨天之前還是賣可樂餅的。是一對中年夫婦經營的小店，睦男剛開始獨居時，也曾來照顧過生意。

前一、二天根本看不出來有歇業的跡象，原來整修店面、改建房子和戴綠帽子的丈夫都是一樣的，一旦察覺時，事情早已發生一段時日了。

「拆了以後要做什麼？要開新的店嗎？」睦男詢問正在指揮拆卸工程的男人。男人悶不吭聲地敲一敲寫有工程許可的木板，上面寫著的店名是「曼哈頓」。

「拜託你認眞聽別人說話好嗎？」

兩人分居之後，杉子口紅的顏色越發塗得豔麗了。面對面坐在咖啡廳時，感覺她似乎年輕了五、六歲。說話雖然依舊尖酸刻薄，動作中卻不失嬌媚。或許在已經決定分手的丈夫面前，仍然會不經意地展現出給新男人看的表情吧。

睦男聽著杉子說話。

我可不是因爲公司倒了就嫌棄你，而是你不肯認眞找工作的生活態度跟我實在不合呀。

婆婆過世之後，還以爲我們能夠相處融洽，沒想到反而因爲性格的差異，衝突越演越烈！

還好我們沒有小孩！

這些話睦男都聽在耳裡了，只是在別的地方還發出了「曼哈頓」、「曼哈頓」的聲音。一開始就像是不斷慢慢重複的錄音帶。

他知道「曼哈頓」是間酒吧，老闆似乎有意將店面做成吧檯可容十二、三位客人入座的小店。

睦男一早醒來就會去察看工程進度，中午和晚上也都要探望一下才肯罷休。或許是因為作工簡單的關係，才半天不見就有了驚人的改變。

自己為什麼對這間小店這麼執著呢？

難道是對「曼哈頓」的店名有什麼特別的回憶或思念嗎？睦男想破了頭，還是找不到理由。

「曼哈頓」、「曼哈頓」。

這聲音就像小白鼠整天繞著滾輪跑一樣，在睦男的心裡面響個不停。也許是因為聲音還滿好聽的，還是因為只要能發出聲音的都好，他就是想要有個東西在身體裡面作響。

只要滾輪持續不斷地轉動，他就能無視於公司的倒閉、杉子說他手無縛雞之力、還有公寓住戶因為他的老婆跟人家跑了而用同情的眼光看著他！

在陽來軒，他改點中華涼麵取代了廣式炒麵。

雖然不是每一天，但他已開始換上睡衣睡在床上。清晨醒來，有時仍習慣伸出手臂摸索，但覺得夢中擁抱的是「曼哈頓」。

杉子起身時表示，改天再去拿文件、行李。

「新的工作還沒有眉目嗎？」

杉子說著，神情得意地抓起了帳單，並沒有板著臉。喝個咖啡也沒有多少錢，誰付還不都是一樣。再過兩天，「曼哈頓」就要開張了。

回程時，睦男又去看了一下「曼哈頓」。正在趕工裝潢內部，已經熟頭熟臉的工人說今晚大概得熬夜加班。

「那眞是辛苦了，要不要帶點什麼來慰勞你們呢？」

「不好意思啦，不用了。媽媽桑會送吃的東西過來。」貼壁紙的年長工人回答。

「是嗎，這家店已經有媽媽桑了呀？」

本來想問媽媽桑漂亮嗎？轉念又想不急於這一時，還是把期待的樂趣留到開幕當天吧，於是轉身準備離開。

正要走出店門，突然被什麼東西打到，他趕緊在路邊蹲下來。

原來是裝設「曼哈頓」招牌的工人一不小心把工具掉落在睦男頭上了。

如果打到要害就麻煩了，所幸只是稍微掠過頭部而已，但可能還是傷到了血管，只見從按住傷口的指縫間，鮮血如注地滴落下來。送到附近醫院照過腦波後，爲了愼重起見，決定住院一晚。

工地負責人立刻前來了解情況。

說來對方也道歉了，直到了解是毫不相關的人擅自進店裡張望，離開時發生意外後便回去了。對方也許是擔心有什麼萬一吧？但睦男卻覺得無所謂，很想叫對方早點回去，好讓他一個人清靜清靜。

老實說，這種要大不大的傷才是令人生氣。倒不如一把鐵鎚直接打破了頭，好讓他能和「曼哈頓」殉情算了！

之後媽媽桑也來了，「曼哈頓」的媽媽桑來探望他的傷勢。結果這場偶然的意外竟促成了睦男比其他客人和「曼哈頓」的媽媽桑有更深的交情。

睦男身體裡面的小白鼠，比起從前更加賣力地踩著滾輪呢！

「曼哈頓」、「曼哈頓」。

睦男的期待落空，媽媽桑人長得並不怎麼漂亮。大力水手卜派的女朋友是個手腳纖細如鐵絲、名叫奧莉薇的女孩，媽媽桑比她還要嬌小兩圈。

年紀大約是三十上下，膚色微黑。

她將那只在深夜營業的超市買來的，只有包裝漂亮、內部中空的水果籃放在床頭。一看見同房病人的小孩抬頭望著她，便露出了笑臉。

「你的小孩嗎？」

「沒有老婆，有小孩豈不糟糕？」

媽媽桑一副訝異的表情。

「頭一天的感覺怎麼樣呢？」

「嗯，在自我推銷時算是成功的吧。」

睦男猛然想起，在業務部時曾經和經理有過這樣子的對話。

「曼哈頓」、「曼哈頓」。

事情進行得很順利。

那一夜，睦男在醫院硬邦邦的病床上睡得很熟，這可是三個月以來的第一次。

「曼哈頓」開幕當天，睦男受到的待遇比任何人都好。

許是繃帶發揮了作用。睦男也拿那裡當作自己的店看待。

新的店面總是缺東缺西的。

只要一喊沒有記帳的簽字筆，睦男便立刻奔向文具店；夜深了聽說店裡的檸檬不夠用，硬是敲開水果店的大門，買下所有的檸檬。

睦男每晚都去店裡報到。

經過五天後，睦男頭上的繃帶拆了，固然覺得好像少了些什麼，但受傷的好處依然未減，他仍是享有特殊待遇的熟客。

睦男也全心全意地回饋。

一樣也是熟客的中年男子八田抱怨說：「這裡的椅子是不錯，就是坐久了屁股會痛。」

睦男聽見媽媽桑開口道歉，趕緊跑步回家，拿來大小適中的椅墊借給店裡用。

「總是感覺有些冷清，或許是因爲那一面牆空著的關係吧。」八田自以爲細心地提醒說。

「不好意思，畫很貴的呀。」

睦男又立刻衝回公寓去。

抓起了掛在客廳的石版畫，回到「曼哈頓」，二話不說地掛在牆上。

睦男配合著八田「右邊再高一點」的指示，忙著釘釘子、調整繩子長度。媽媽桑悄悄地依偎在他身上。

這麼說來，其實奧莉薇倒也不錯。睦男尤其喜歡媽媽桑和他一樣腸胃不好的虛弱體質。

心想這女人應該不會像杉子一樣，將客人吃剩的壽司配料掃光後，只留下白飯退回去吧。

向晚時分，睦男趁著天色還亮，走出了公寓前往「曼哈頓」。

睦男不再貼著路邊行走，他的細長身影以稍微前傾的方式行進。感覺上就像是過期不久的法國麵包蘸上橄欖油（註）食用，味道正好一樣。

連續上門一個月後，趁著客人少的時候，彼此聊起了個人的身世。

當牙醫的老婆和別的男人跑了。公司倒了，因爲還有母親留下的公寓可收租金，生活暫時沒有問題……睦男毫無顧慮地全盤托出自己的糗事，還約對方到相隔兩條巷子遠的住處聽唱片。

註：橄欖油olive oil和奧莉薇（Olive Oyl）發音一樣，此處有一語雙關之妙。

結果一直撐到了店打烊，同樣是熟客的八田卻也賴著不走。沒有辦法，睦男只好一個人回公寓，不久便聽到了敲門聲。

那是一種顧慮周遭鄰居的敲門方式。身上穿著一條內褲的睦男因爲正要洗澡，只好嘴裡先應聲，趕緊套上褲子，一腳將之前半開玩笑當作防身棒立在門邊的法國麵包踢進櫥櫃裡，打開了門。

還以爲是媽媽桑站在門口，卻看不到任何人。想來是到了緊要關頭又臨陣脫逃了吧。算了，都已經到了這種地步，接下來只剩下時間的問題了。同樣是虛弱體質的人，還是慢慢來吧。

「曼哈頓」、「曼哈頓」。

曾經是熱烈的歡喜大合唱，或許是因爲這段期間的充實吧，顯得平穩許多。

睦男和杉子爲了行李的事起了爭執。

我的畫你拿去幹什麼了？杉子責問他。嚴格說來，兩人一起生活了十年，已經很難說什麼東西屬於誰的了吧。固然要從「曼哈頓」拿回來是很簡單，但如此一來，好不容易長成的果實，豈不無從摘取了？

睦男說要賠償，杉子杏眼圓睜地瞪著他。

「你拿去哪裡了？」逼問的眼神，讓睦男感覺似曾相識。二十年前父親有了年輕女友離家出走時，母親就是用這種眼神看著他。

父親也常把家裡的東西拿出去。掛軸、能劇面具、新型收音機等。

從杉子嫉妒收畫對象的表情中，睦男認爲她和新男友之間處得並不愉快。

我會努力找工作的，我們從頭開始好不好呢？

雖然睦男知道只要開口這麼說，彼此就能重修舊好，但他還是選擇沉默地在離婚協議書上蓋了章。

「曼哈頓」、「曼哈頓」。

小白鼠慢慢地轉動著滾輪。

找工作以及和媽媽桑的關係都還曖昧不明，三月已經過去了。

星期一下著雨，但因爲星期日沒見面的關係，便提早出門前往「曼哈頓」。沒想到店門關著。

被倒帳的酒商和肉販聚集在店門口，和房東高聲議論。因爲合約也出了問題，簡直是半夜逃債的倒店方式。

這時，睦男才知道八田竟是媽媽桑的老公。「曼哈頓」其實是取自八田（hatten）的諧音。

「曼哈頓」、「曼哈頓」。

睦男身體裡面成天踩著滾輪的小白鼠已經死了。

回到住處，整個人埋進了沙發後，蛀牙又痛了起來。

有人在敲門。

是那種顧慮周遭鄰居的敲門方式。是媽媽桑。她是來還畫，同時道歉的。他想。

打開門一看，門口卻站著一個不認識的老人，神情有些緊張地詢問：「有沒有雨傘要修理呢？」

拒絕後關上門，心想從來沒聽說有人夜裡還來修雨傘的，該不會是闖空門的吧？

猛然心頭一驚！那張臉好像在哪裡見過？

一如靠在玄關門邊的法國麵包一樣，褐色變硬的麵包……那個人不就是二十年前離家出走的父親嗎？

又有人敲門了。

那是聽過的敲門方式。

顧慮周遭鄰居，顯得很客氣的敲門方式……前幾天還以爲是媽媽桑來敲門，原來竟是父親呀？

是被女人拋棄了嗎？還是來要錢的呢？

如果開門的話，他就會進來，進來之後就坐在沙發椅上，整天看電視，中午吃廣式炒麵……

死去的母親經常叨唸他：「你做的事就跟你爸爸一模一樣！」

敲門聲繼續響著。

狗屋

或許是因為身懷六甲的關係，達子變得很能分辨出誰即將在下一站下車。再過三個月，再怎麼不願意，肚子也會明顯突出，到時候不說話都有人自動讓位。現在應該算是最尷尬的時期吧。

掛在每節車廂上的擴音器以破裂的聲音喊出下一個停靠站名時，達子手抓著吊環，逐一觀察座位上乘客的眼神。乍看之下大家似乎都面無表情地坐著，但如今達子已能分辨出準備下車的人臉上特有的表情了。

雖然電車以極快的速度行駛，但乘客並非自己在動或是行進，因此臉上的表情都是靜止的。然而一旦快要下車時，眼睛會先有動作。這時只要立即站在那個人的斜前方，肯定有位子坐。

星期日的傍晚，電車很擠。達子靠著常用的方法找到位子坐下了，但其實根本不用緊張。畢竟那是一個大型的轉乘車站，許多闔家出遊的乘客如退潮般地下車後，原本悶熱的車廂內又有了可讓涼風吹來的空間。

對面座位上坐著一家三口。

年輕夫婦和一個五歲大的小男孩。小孩夾在中間，三個人靠在一起，累得像是脖子快要斷掉般地彎腰熟睡。

看起來像是平常勤儉度日，假日禁不住小孩的要求，才盛裝到動物園遊玩之後回家的感覺。唯一顯得不搭調的是那個看來價值不菲的大照相機。男人放在相機上的手也不像是拿筆桿的手，而像是從事勞力工作的人。

那個和達子差不多年齡，年紀在三十二、三之間的妻子，兩腿張開、雙腳撇開成菱形，正呼呼大睡。是個肥胖、看來不拘小節的女子。

這時達子才發覺：原來她懷孕了。

達子自從懷孕後，因爲想搶到位子坐，除了學會一眼看出即將下車的人外，也變得很能分辨出和自己一樣身懷六甲的女子。

和我一樣嘛。

那個太太的預產期大概早一、二個月吧，連彼此的丈夫和小男孩年紀都很相像。不同的是，達子的丈夫這時正在家裡睡大頭覺。

他在大學醫院擔任麻醉科醫生，或許是因爲工作壓力大的關係，手術繁多的那個星期假日，整天就在家裡睡覺，彷彿自己才是眞被麻醉了一般！於是一天拖過一天，直到大兒子都已經五歲了，還沒親眼看過熊貓。

達子從抓著吊環、左搖右晃的人縫中，打量著這一對帶著小孩、睡得一塌糊塗的夫妻，心想不知道是他們還是自己家比較幸福？

大概是紅燈吧，剛出車站的電車猛然停住了。對面座位上睡著的丈夫驚醒後抬起了頭，以爲自己坐過站了，趕緊看了一下窗外。

達子差點就叫出聲音來！

是阿勝！

是魚富的阿勝。

達子發現自己竟然試圖將臉藏在站在前面的人的背後。原想起身走到其他車廂，卻怕反而引起對方注意而作罷。

阿勝開始出入達子的娘家，是在達子還在讀短期大學的時候。或許沒有十年，也相差不遠，總之是很久以前的事了。

那時候達子牽著家裡養的秋田犬「影虎」在傍晚出門散步，順便去買些東西。結果在魚富的店門口，影虎居然咬走了整盤販賣的烏賊腳。

烏賊腳散落了一地。

達子一邊罵狗，一邊向老闆娘和看店的小夥子道了歉。那名年輕小夥子似乎很喜歡狗。

「亂吃烏賊，小心待會兒腿軟了！」那個伙計告誡影虎，還丟了一塊青花魚之類的魚腹給牠吃。

都怪平常沒有好好訓練，影虎一口便將魚腹給吞了下去。

達子又是道歉又是道謝，趕緊拉著狗踏上了歸途。就在還差一條街就到家的路上，影虎的樣子有些不太對勁。

影虎四肢無力地跌坐在地上，發出奇怪的呻吟聲。不論達子如何喝斥，牠就是不動，最後甚至口吐白沫。

靠著鄰居的幫忙，好不容易才將影虎拖回家，看牠痛苦掙扎的樣子，情況實在不太尋常。將牠綁在藤架上，請了獸醫來看，打了二、三針後，影虎終於吐出一條外表已開始消化的魚。從魚肚子裡找到了一隻玩具迷你車大小的河豚。

當天深夜，魚富的年輕伙計趕來家裡致歉。影虎吐出河豚後，竟像沒發生過事地活蹦亂跳，加上這種事也不能怪對方，所以達子家並不想把事情鬧大，只是達子的爸爸覺得還是應該向對方說一聲比較好，便打了電話到魚富去。

年輕伙計的頭幾乎都要碰到玄關的地上，一再道歉。

他說本來老闆娘也要一起來的，但是因爲老闆的身體狀況不好，無法親自上門，只好託他送來一籠肥美的比目魚表達歉意。

魚富原本是由一對中年夫婦經營的，老闆患有腎臟病。以前老闆通常只有處理生魚片時才會站著工作，其他時間都坐在門口、板著一張臉看著馬路或吸菸而已，之後臥病在二樓，便改由這名年輕小夥子幫忙看店。

這名小伙計是老闆娘的遠房親戚，個子很高，長相也不錯。當他換下塑膠圍裙、穿上帥氣的運動服站在門口，達子還以爲是哥哥的大學同學來了呢。

一而再地道歉後，最後他總算要回去了。就在達子鎖上大門時，又聽見那名小夥子大聲喊說：「眞的很對不起！」

記得小夥子還跪在門口狗屋前的草地上賠罪，達子當時覺得對方有點像在演戲。那名年輕小夥子就是魚富的阿勝。

從此，阿勝便三天兩頭地出現在達子家。

說是來探望影虎的，總會帶些白色肉魚來餵影虎吃。達子的媽媽覺得很過意不去，他則解釋說是賣剩的，而且是他想要這麼做的。餵食之前也一定會展示給達子她們看說：「放心好了，內臟我都清理乾淨了。」

狗也眞是現實，很快便和阿勝親近了起來。一看見阿勝抱著裝滿魚雜的汽油桶過來，便擺動起像大人手臂般粗的尾巴。尾巴拍打狗屋的聲音，響得連在客廳裡都聽得見。

不到半個月，帶影虎出門散步便成了阿勝的工作。

原本影虎是達子的哥哥從朋友那裡要來的。剛抱來家裡時，還只像貓咪一般大小，眼見牠越長越大，不論是幫牠刷毛或是帶牠散步，都成了吃力的差事！

當初說好自己照顧狗的哥哥，在影虎還沒長大前，便已經和大學同班的女生過起半同居的生活，並不每天回家。說實在的，那麼大的一隻狗已造成家裡面的困擾了。

自從阿勝接手幫忙照顧後，不知道是餵的食物好，還是照顧得當，只見影虎的毛色日見光亮！

就連媽媽常常抱怨飼料的費用太高，也因阿勝帶來的魚肉而不用花半毛錢了。

媽媽用信封包了一些零用錢給阿勝，要他去買件新襯衫什麼的。但阿勝卻說要用那筆錢重新搭個狗屋。

影虎還小時，壓根兒就沒想到牠會長得那麼大，於是買了最便宜的現成狗屋回來湊合著用，然而現在卻顯得太擁擠了。影虎不太喜歡進狗屋，如果只是下小雨的話，牠還寧願待在外面淋雨呢。

利用一整個星期日，阿勝買來了木材和油漆賣力工作。

天色將暗時，打完網球回家的達子，看見拴在門口的影虎嘴邊沾滿了血跡，頓時嚇壞了！及至心情鎮定下來，才發現原來是紅色的油漆。

門邊則是蓋好了一座大得可笑的狗屋。可想而知是阿勝努力工作時，綁在旁邊樹上的影虎和他嬉鬧，舔了用來塗刷屋頂的紅色油漆。

那天晚上，阿勝頭一次踏進屋裡，和達子一家人共進晚餐。說是一家人，由於哥哥沒有回來，因此只有爸爸、媽媽和達子三人而已。

媽媽貼心地想到阿勝每天大概都是吃魚，所以準備了壽喜燒火鍋。阿勝不但負責煮火鍋、夾菜，還幫爸爸倒啤酒，說笑話給大家聽。

自從哥哥不常回家後就變得沉默寡言的爸爸，那一天也難得地露出白牙哈哈大笑。

阿勝很愛說話。

他說：這種事不能大聲嚷嚷，可是醫生說魚富的老闆恐怕活不了多久了；由於老闆夫妻倆沒有小孩，曾經暗示過要收我當養子繼承魚富，不過我還沒有下定決心。「如果魚沒有臉就好了。不但有臉還有眼睛，剛開始做這行時，我實在是害怕得不得了！」

爸爸開玩笑回他一句：哪有魚生下來就是切片好的！

阿勝還深情地看著達子的眼睛說：魚富開業至今已經是第三代了，將店後面的兩間房子打掉，應該有不小的建地。假如蓋成公寓，光是靠租金也能生活了。考慮到商店街的魚店受到來自超級市場的衝擊，未來恐怕沒有什麼發展。我倒是想開間小店也不錯，你覺得咖啡廳好，還是小酒館好呢？

用過壽喜燒火鍋，也吃完了餐後的西瓜，阿勝仍沒有起身告辭的意思。忙著說明如何分辨鰈魚和比目魚的方法，還模仿剝皮魚的叫聲，那是類似穿著破皮鞋走路時發出的「啾啾」聲。

彷彿害怕話題結束後就會聽見達子他們說「時候不早了」，於是拚命地說個不停，香菸也一根接著一根點。他似乎認爲只要香菸還在冒煙，就不會有人提議今晚到此爲止。

這個時候的阿勝，眼睛雖然笑著，眼神卻像是快要哭出來一樣。

阿勝用他欲哭無淚的眼神，提起了狗的地圖。

大概是從別人那裡現學現賣的，他說狗有狗自己的地圖。

這種地圖和人類所想的完全不同，是在各地的電線杆和圍牆邊留下自己的味道。狗會在自己的腦海中清楚標示哪裡有欺負狗的壞小孩、哪裡有曾經給我東西吃的人家、哪裡有心儀的母狗等地點。

一向早起的爸爸忍不住打了個呵欠，媽媽趕緊趁機起身去鋪棉被，阿勝總算才肯告辭。

「狗的地圖呀！」媽媽喃喃地說。

「他是在說他自己吧！」爸爸用一副很了解阿勝的口吻回答。

隔天起，阿勝便很理所當然地從後門進達子家裡了。嘴裡喊著「鍋子鍋子，拿大鍋子來呀」，將帶來的魚倒進燉牛肉用的大型深鍋裡熬煮，弄得整間屋子裡瀰漫著一股魚腥味。

阿勝趁著煮好的魚肉放涼的空檔，帶狗出門散步。回來後，邊哼著歌邊仔細幫影虎刷毛、餵牠吃魚，再將剩下的魚肉裝入密封盒，放進冰箱後才回去。動作熟練得恍如這些事情已經做了好幾年似的。

印象中，回家拿換洗衣物的哥哥對著影虎說「你身上的味道變了」，應該就是在這段期間。

哥哥擋住伸出黑色尖嘴想要舔他臉的影虎，撇過頭抱怨說：「變得渾身魚腥味！」

其他人因爲每天相處在一起而沒什麼感覺，但在阿勝接手照顧之前，家裡並不是常常餵狗吃魚。哥哥從媽媽那裡聽到阿勝的事後，開玩笑地說：「你們可找到了不錯的人嘛！」

然後包了比平常都還要大的行李便出門了，言下之意是他從此可以安心離家了。

阿勝的確幫了達子家不少忙。

颱風過後，把壓在屋頂上的松樹枝撥開的是阿勝，浴室的瓷磚漏水也是阿勝處理的。他開始直接叫達子的父母「爸爸、媽媽」，也跟著媽媽一起暱稱達子「小達」。

爸媽受邀參加親戚的婚禮並在當地過夜，正好是西瓜盛產的季節，距離影虎吞下河豚引起騷動以來，剛好是一年過後。

達子家的房子躲過了戰火的蹂躪，相當老舊且坪數頗大，因此達子曾希望哥哥回來陪她，但不知道是否接電話的女友從中作梗，結果哥哥連通電話也沒有打回家。

阿勝來帶影虎散步是在魚富打烊、他用過晚餐後，所以應該是九點多吧。

一如平常，屋子裡瀰漫著煮魚的味道。大概是看到阿勝來很高興，影虎越來越粗的尾巴不斷拍打著狗屋。

「好像只要達子在家，阿勝幫狗刷毛的時間就會加倍耶！」想起媽媽曾經說過這樣的話，達子的心情不禁鬱悶了起來。

她聽見阿勝帶著影虎出門散步的聲音。阿勝嘴裡好像還哼著外國電影的主題曲，然而聽在達子耳裡，只覺得阿勝是爲了哼給她聽才勉爲其難學會的，有種不自量力的可笑。

達子知道阿勝想要和她攀談，她卻故意裝作沒聽到。從窗口看著阿勝和影虎離開後，像是要洗去沾染在身上的魚腥味，達子趕緊去沖了個澡。心想阿勝騎腳踏車出去遛狗，到公園後玩丟球的遊戲回來，少不得要花一個小時吧。

達子洗完澡穿著浴袍，坐在客廳一邊看電視，一邊享用爸爸喝剩的葡萄酒。不知不覺之間似乎睡著了。因爲影虎撲在她身上才醒了過來。

「誰准你進來客廳的呢！」

迷迷糊糊之際，達子推開狗，並撥開嘴邊影虎熱呼呼的舌頭。

「你身上都是魚腥味耶！」話說到一半才發現對方不是狗，而是阿勝。

「對不起！」

不知道最後自己是如何推開還撲在身上的阿勝，只記得清醒時，地板上散落著玻璃酒杯的碎片。

達子隔天早上起床時，渾身作痛，手臂和膝蓋也都淤青了。

按照爸爸每日的習慣，達子走到門口的信箱拿報紙。

影虎從狗屋裡走出來，對著她猛搖尾巴。想到昨夜的事，明知不是狗的錯，卻還是氣得不想多看牠一眼，偏偏又看到狗的嘴巴一片血紅。

「不可以咬屋頂的油漆！」說到一半時才發覺，那不是油漆，而是類似乾掉的血跡。達子擔心該不會是狗咬死了貓吧，探頭進狗屋一看，不禁嚇傻了。

她看到一雙穿著球鞋的男人的腳。阿勝整個人躺在大得離譜的狗屋裡，鼾聲雷動，似乎睡得正香甜。

達子心想，他大概是昨晚喝了悶酒，便鑽進狗屋裡睡著了，於是上前準備搖醒他，卻看到倒在腳邊的安眠藥瓶，這下子達子眞的是心都涼了！

原來阿勝跑到夜裡仍營業的超市買了安眠藥企圖自殺。影虎嘴邊的血跡應該是牠想叫醒鼾聲大作的阿勝，或是戲耍時力道過重而咬傷的吧。

因爲藥量不多，加上被影虎咬得醒來過好幾次，阿勝沒有什麼大礙，經過三天之後，他便回鄉下去了。

達子什麼都沒有說，但爸媽隱隱約約知道發生了什麼事。

阿勝離開後，影虎的毛色便日益失去光澤了。那年年底，達子和一名實習麻醉醫生，也就是現在的丈夫相親。之所以下定決心，或許是因爲他身上的酒精味道吧。

沒等到隔年的櫻花綻放，魚富的老闆就過世了，店面也跟著收了。這時才聽說人家根本就沒提過要收阿勝當養子的念頭。如今魚富和附近的幾家店已拆了，合併蓋成一棟大樓。

影虎也在兩年後，罹患犬瘟死了。

如今回想，那個大得有點可笑的狗屋，也許正是阿勝自身的寫照。

達子心想，要不是自己和他太太都懷孕了，或許會開口向他打聲招呼吧。

達子轉車的車站到了。

從人群的縫隙間，可以看見他們一家三口緊靠在一起熟睡的模樣，還有阿勝緊緊抓住那個即將掉落、大得過當的相機的手。

男眉

爲了等待遲歸的丈夫，阿麻累得趴在餐桌上大打瞌睡，同時作了一個奇怪的夢。

丈夫竟然和石雕的地藏菩薩一起打麻將。

地藏菩薩共有三尊，胸前圍著紅色肚兜端坐著。都對丈夫露出了安詳的笑容，笑聲卻是女人的聲音。

阿麻小學一年級的時候，母親生下了妹妹。

放學一回家，便聽見關起來的紙門裡面傳來嬰兒的哭聲，還有祖母和聲音有印象的產婆說：「太好了！太好了！這次生的小孩是地藏眉呀！」

阿麻將書包和鞋袋放在陽光下的走廊上，背對著紙門坐下，一邊搖晃著雙腳納悶：什麼是地藏眉呀？

走廊上的地板泛起了白色的細毛。

別人家的走廊是褐色的，擦拭得光可鑑人，穿上新襪子走在上面還會打滑；可是阿麻家的卻像是用竹刷子洗過一樣，都起毛了。母親說因爲這種隨便蓋蓋的出租房子用的建材不好；祖母背地裡卻說：這都怪你媽媽！

你媽媽擦地板時總是額冒青筋、咬牙切齒，彷彿和地板有不共戴天之仇似的，任何木頭也受不了呀，難怪沒多久地板就給磨去一層皮！祖母說的倒也沒錯，起毛的還不止是走廊而已。包括玻璃窗的木框、柱子、榻榻米、澡盆、飯桶，甚至連母親的雙手、腳跟也都泛白了。每次幫阿麻穿上絲綢和服時，母親的手總會勾到線發出吱拉吱拉的聲音。

紙門後面不斷傳出祖母和產婆的說話聲，母親卻完全沒作聲。阿麻的腳碰不到地面，腳底下有著一盆枯萎的金盞花。這種金黃花瓣枯乾、皺成一團的正月花種，看起來竟像是張開嘴死去的金絲雀雛鳥一樣。

然後，她們就叫阿麻去買豆腐。

雖然很想看一眼剛出生的妹妹，可是當祖母塞給她那只凹凸不平的鋁鍋時，語氣比平常嚴厲，讓她不敢多說什麼。印象中好像聽到了胎衣、埋掉之類的字眼。

祖母一如往常地，用大鑷子幫阿麻拔除雙眉之間的雜毛，並告訴她所謂的地藏眉，就是像地藏菩薩一樣彎曲如弓的溫柔眉型。像阿麻這種如果不修剪就會連在一起的濃眉，叫做男眉。祖母提到眉毛（mayu）時，總是說成「mamie」。

據說有著地藏眉的女人天性乖巧，惹人喜愛。如果生來是男眉，若是男人，要不是能重振破敗的家道，就是會變成犯下殺人放火之類重罪的大惡徒；女人則是丈夫運不佳。祖母說到這些事情時，語調就像是在唸經一樣。

阿麻好害怕在兩眼之間閃閃發光的拔毛鑷子會傷了她。儘管每隔十天就要修剪一次，她還是最近才發現祖母在做醋醃青花魚時，用來挑魚刺的也是同一支鑷子。對祖母說起，祖母否認說：不是，我用的是不同的鑷子啦。可是母親和祖母都在幫人做女紅貼補家用，常常為了誰收走了那把唯一的剪刀而爭吵不休。既然家裡只有一把剪刀，又怎麼可能會有兩支拔毛鑷子呢？

一想到這裡，就覺得身上有股魚腥味。也許是心理作用吧，自從母親生下妹妹之後，家裡的味道也跟著變了。過去家裡總是充滿了老房子特有的柴魚味道；現在卻像是掀開溫冷的飯桶蓋子時那種發酸的氣息。搞不清楚究竟是嬰兒的尿布還是奶水的味道？阿麻突然很想聞聞父親身上的菸草味，但父親那時沉迷於打麻將，經常不在家。父親去的麻將店好像是叫「天和」，每次祖母和母親提到這個名字，就恨恨地壓低了聲音，讓阿麻覺得都是這個名叫「天和」的地方害得家裡的氣氛沉悶。阿麻知道「天和」是麻將裡的一種和牌，已經是二十年後的事了。

嬰兒睡在母親身旁。

嬰兒和阿麻的和服娃娃一樣大小。身高雖然差不多，身形卻顯得比較圓，占了半張榻榻米位置的嬰兒襁褓微微隆起。上前一看，嬰兒紫紅色的臉像是剛煮過似的，長滿了淡肉色的細毛。眼睛上面的皮膚皺成了一團，貼著一抹眉毛，像是剛長出來的青苔。這就是大家都稱讚說很可愛的地藏眉嗎？也沒什麼大不了的嘛！

睡著的母親枕邊，有一個放在托盤上的瓷盒子。乳白色的盒身上，有一道像是用蠟筆輕輕畫過的鮮紅線條。阿麻很喜歡這個盒子，裡面裝有麥芽糖。那是祖母爲了讓母親有充足的奶水，買來給她補身子吃的。阿麻打開盒蓋，拿了一顆糖。突然手被打了一下。

是母親，出手毫不留情。母親紅腫的眼睛像是剛剛才哭過。阿麻這才發現原來母親也是生了一對男眉。

丈夫曾對著阿麻說：「你的腦筋眞是不懂得轉彎耶！」

「你說的腦筋轉彎是什麼意思？」其實她多多少少也知道是什麼意思，卻故意裝傻問。

丈夫聽了回答說：「像你這樣子反問，就是腦筋不會轉彎。」

出門買東西時，順便繞到半年也難得去一次的書店，拿起一本厚重的字典查閱。可是字太小了，看不清楚。

早知如此，就該帶老花眼鏡出來。只是到書店只看不買還拿出老花眼鏡，實在有點不好意思。就在她一下子把字典拿得遠遠的，一下子瞇起眼睛辨讀之際，書店的老闆開口問說：「要不要借眼鏡？」

那是個其貌不揚、年約六十的矮小男子，儘管如此，男人的臉似乎還是比女人的大吧，戴上借來的眼鏡，只要頭一低就很容易滑落。

不會轉彎＝❶缺乏趣味。〈淨琉璃（註）．會稽山〉：「就像鞠子川的水流，不會轉彎。」❷不夠親切、冷淡。〈淨琉璃，天網島〉：「其淚流入硯川，小春汲水便飲，可恨冷淡不會轉彎。」

果然和她想像的一樣。想到自己就是這種個性，難怪會被說是不會轉彎，不禁覺得好笑。那本厚重的字典出奇地重，正要塞回書盒時，不小心滑落地上。因爲剛下過雨，地板是濕的，加上向店家借過眼鏡，有些心虛，結果阿麻買下了那本字典。

在這種情況下，如果是會撒嬌的女人，應該會跟老闆說句好聽話，然後打個馬虎眼就離開書店了吧。阿麻認爲自己長著一對濃眉，身材又高大，根本不適合做那種事，肯定不會有效果的。重點是她也不知道該說些什麼話才好。

字典花了阿麻三千圓。放進購物袋裡，重量和買了蘿蔔、馬鈴薯差不多，所以她決定不去蔬菜攤、魚店，直接回家。雙手交換提著沉重的購物袋，一路上打量著擦身而過的女人。

假如丈夫單獨和一個女人漂流到荒島的話會怎麼樣？那個女人，丈夫大概一個月會下手。這個女人呢，大概是當天吧。下一個，這種貨色，就算是好色如丈夫，過了三個月也還是不願下手吧！接下來的，應該是女人會主動吧。阿麻一路上想著答案走路回家。

想著這些無聊的事情時，不知道臉上會有什麼樣的表情？於是阿麻探看映照在商家鏡面中的自己，發現還是和平常一樣板著一張臉，不禁覺得莫名其妙。

丈夫喜歡纖細白皙的女人。

看電視時，他會稱讚說好的多半是那種女人。那種女人聲音甜美，說話曖昧。柔順的頭髮帶點褐色，一雙蛾眉也是淡淡的。

註：配合傀儡演出，以三弦琴伴奏演唱的戲曲。又稱為人形淨琉璃或文樂。

阿麻和丈夫是相親認識的。確定婚禮的日期後，他來過家裡玩。或許是上了年紀的關係，一向喜歡風花雪月的父親一邊幫未來的女婿斟酒，一邊半開玩笑地提起了阿麻的身體特徵。

端著下酒小菜走進客廳的阿麻，聽見父親嘴裡提到「毛多」的字眼時，有種想拿把刀刺死父親的衝動。而且就算父親死了，阿麻也不會為他掉淚的。丈夫當時則是板著一張臭臉，默默地喝著酒。

丈夫從來沒有嘲笑過阿麻這個最在意的弱點，倒是常常提到她骨架大的事。

「像你這樣，到時候恐怕一個骨灰罈會裝不下吧？」

「一個女人家要用到兩個骨灰罈，太丟人了。拜託你，包給撿骨師的紅包千萬要大一點，交代他們要是一個骨灰罈裝不下，其他就丟掉好了」——心情好的時候，阿麻會這樣子回應；心情不好的時候便悶不吭聲。甚至還認眞想過，只要一天也好，她就是要比丈夫多活一天！

父親葬禮過後，喝醉酒的丈夫曾經評論起穿喪服的女人。由於父親是在快過八十八歲大壽時於睡夢中安詳過世的，所以葬禮時還聽見恭喜的話。撿完骨回到家，開始上酒後，丈夫提起身穿喪服的女人大致可分爲兩類。

「可以分爲堅強和哀傷兩種。」

阿麻不等丈夫說出便先承認：「我應該是屬於堅強的那種吧。」

「你還有自知之明嘛！」

圍坐在新骨灰罈前的十名男性親戚，因爲剛從火葬場回來，情緒還有些高昂，不禁也跟著開始將出席在葬禮上著喪服的女性區分爲堅強和哀傷兩種類型。

話題是丈夫開頭的，一旦黃湯下肚人就變得活潑的他自然說得最起勁。

「穿著喪服時，唉唉唉唉啼哭的女人，應該列爲哀傷型。」

「哭的時候唉唉兩聲就夠了吧，連唉四聲未免也太多了吧！」

已經分家，身材微胖，連臉頰也腫得像是火腿的叔叔如此反駁，眾人聽了不禁哄堂大笑。

前兩天才剛新寡的七十五歲母親也被歸類在堅強型。在場的五名女性中，被列爲哀傷型的只有阿麻的妹妹。就是在阿麻小學一年級時出生、有著地藏眉的妹妹。

算算已經年過四十了，除了下巴一帶有些豐腴外，長相和年輕時相較並沒有什麼改變。

對阿麻，丈夫是這麼說的：「她呀，穿喪服還不如穿上長褲、綁著白頭巾，跳白虎隊（註）的劍舞更合適。」

阿麻聽了，只是不置可否地笑笑而已。

她這個妹妹，笑的時候也不出聲。遇到事情，絕對不會先表明立場，等到大家都提出意見，她仔細考慮過後，才會說出自己的看法。外表看起來精明幹練的阿麻，既沒有生下一子半女，二十幾年來成天只爲了丈夫的荒唐生氣苦惱，糊裡糊塗地過日子。相對地，妹妹則是所有女性親戚中最早考上駕照的，還擁有人造花、和服著裝的教師資格。

萬一丈夫有了三長兩短，需要穿上喪服的時候，表面上看起來好像很堅強，但其實害怕惶恐的人是阿麻。而彷彿舉目無親般垂頭喪氣，捏緊手中的白手帕，但內心鎮定的卻是妹妹。

像是看穿阿麻的心思，已分家的叔叔突然笑著先下了結論：「上天自有巧妙的安排。」

停了一下才說明：「擁有堅強型太太的丈夫，在太太過世後，往往會成爲哀傷型的人。」

丈夫立刻接著問：「這麼說來，擁有哀傷型太太的丈夫，是屬於堅強型的嘍？」

「或許堅強和柔弱是相輔相成的吧！」

實際上個性軟弱的丈夫，爲了要在這種場合掩飾缺點，就會故意說大話。心裡有鬼的男人則會在人前故意討好妻子，以將功贖罪。

阿麻企圖從丈夫的話中揣測他目前最熱中的是女人還是麻將，可是把話背後的含意反轉過來，就成爲表面上的話。結果，今天和昨天一樣，沒有進一步的了解。

妹妹悄悄地起身離席，大概是上洗手間吧。她做事就是這麼氣定神閒。換作是阿麻，肯定會心浮氣躁，萬一這時突然有人和她說話，打斷了起身離去的時機，便會開始坐立難安。

聽見水流的聲音後，丈夫彷彿準備接班似地站了起來。阿麻心想：哎呀，眞是討厭。

註：江戶時代末年，擁護幕府的會津藩全力抵抗倒幕勢力。其中由十六至十七歲少年組成的軍隊被稱為「白虎隊」，由於節節敗退，白虎隊二十名成員最後在飯盛山頂集體自盡。每年的四月二十四日及九月二十四日，會津當地的高中生都會綁上白頭巾，在白虎隊墓前跳劍舞紀念。

若是自己太太就算了，何必緊跟在別的女人後面上廁所呢？這種事也犯不著開口制止，但阿麻還是不由自主地挺起了身子。

由於紙門半開著，只要有心就能看見整個走廊。她看見在擦著手的妹妹從盡頭走來，和丈夫擦身而過時，彼此交錯的那邊肩膀微低了一下，眼光帶著笑意。

好像在說：「我先回座位了。」

也像是說：「姊夫也眞是的。」

甚至也可解讀爲沒有發出聲音的笑聲。從背後無法看到丈夫的眼睛，但妹妹的那種眼神是阿麻永遠都學不會的。

阿麻就是沒辦法喜歡地藏菩薩。她總覺得那種和善的臉龐叫人有種無法信任的感覺。「是嗎，好可憐呀。」彷彿只是嘴裡這麼說，過了一會兒便忘得一乾二淨，自顧自地打起了瞌睡。就連胸前的紅色肚兜看起來也嫌猥瑣。

阿麻想起戰爭期間，拿著逃過戰火肆虐的東西到鄉下交換糧食時，在三鷹附近一位換給她們馬鈴薯的老農民便有那樣的臉。那人看起來是個大好人，笑起來也很親切，其實很斤斤計較。

阿麻和母親背著背包出門交換糧食，坐在那名老農民家的簷廊時，正好遇到了空襲警報。

當時日本即將戰敗，空中出現P51戰鬥機。那附近似乎沒有人家挖防空洞，老農民一邊上茶一邊說：「你們要是害怕的話，就進屋裡吧。」

一如拔去棠棣花蕊的聲音一樣，P51戰鬥機下方「砰！砰！砰」地冒出三、四朵白色煙火。大概是高射炮吧，然後敵機悠然無事地飛走了。就在這時，一架畫有太陽旗如玩具般的飛機竟攔腰衝撞上去。

「啊！」母親倒抽了一口氣。

兩架飛機各自拖曳著白色尾巴分別墜落到地面。母親雙手合十地爲他們祈福，阿麻也跟著做。耳中似乎聽見了不知從哪裡傳來的「海洋進行曲」軍歌。

那個長得像地藏菩薩的老先生也舉起一隻手，嘴裡唸著：「南無阿彌陀佛。」同時用另一隻手的拇指確認阿麻她們用來交換糧食、上面畫有一個小孩高的娘道成寺（註一）圖案的羽子板（註二）厚度。

地藏菩薩也和狗很像。

小時候，附近鄰居養的一隻白色母狗也有著那種臉。大人們都說牠一臉老實相，很乖。牠走路時，像用來做羽子板球的黑色無患子的乳頭會不停搖動，而且見人就搖尾巴，還不停地生小狗。好像生再多被人丟掉也不在乎似的旺盛生命力，以及猛然回頭看牠時不知道心中在想什麼的深沉模樣，總令人覺得和地藏菩薩很像。

丈夫晚歸的夜裡，阿麻常常發現自己竟不自覺地在修剪雙眉之間的雜毛，或修細眉毛。

曾經在火車上看到一個年輕女孩，仔細地畫著柳眉。不止是眉毛，還在厚唇之間描繪出形狀美好的紅唇。當女孩對著身旁的男人笑，火車正好開進了隧道。車廂內一變暗，女孩細心描繪的眉毛消失了，眼睛上面浮現了兩隻像是對半切開、蠕動著身體的毛毛蟲，嘴唇也只剩下天生的厚唇在笑著。

不管如何修剪，阿麻的眉毛始終仍是男人所不喜歡的男眉吧。

丈夫到了天快亮才回家。

門一打開，帶著一臉鬍碴和老了三、四歲的倦容，邊做出麻將砌牌的動作，邊進屋裡。

阿麻本想這次一定要好好說說對方。明明嘴邊有那些撒嬌、耍脾氣的話語，到了緊要關頭，卻像是上了栓一樣，就是說不出口！

阿麻上前正準備推開一邊鬆領帶一邊進客廳的丈夫，卻看見了放在茶几上的鏡子和拔毛鑷子，連忙藏了起來。

註一：日本人在新年時玩的一種擊球板。

註二：根據安珍清姬的傳說所演化的戲曲故事。故事從藤原清重前妻過世說起。一日，他在路上救了險被黑蛇吞噬的白蛇，白蛇為報恩化為人身下嫁，生下了清姬。遊方僧安珍每年至熊野參拜都到清重家拜訪，看見清姬可愛，戲言要娶她為妻，清姬信以為真。安珍十六歲、清姬十三歲那年，安珍看見清姬映照在紙門上的身影是蛇身，十分驚恐，於是對清姬謊稱下次前來必當迎娶，就此離去。清姬久候不見情人，離家尋找。及至發現安珍的負心乃投河自盡，不甘的哀怨讓她化成蛇身繼續追尋安珍，最後將藏身道成寺鐘下的安珍燒死。u娘道成寺v中以少女曼妙的舞姿來表現情感，場面十分華麗。

蘿蔔與月亮

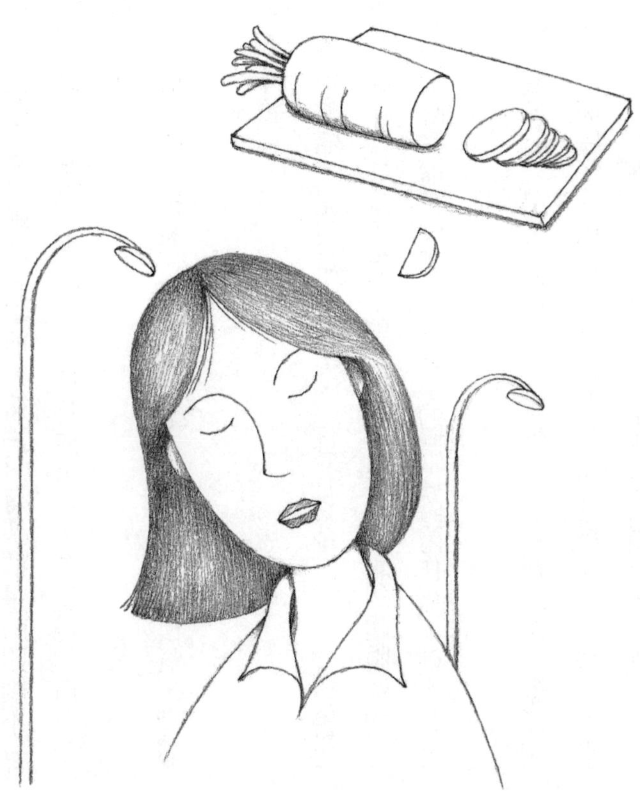

自從出了那件事之後，算算也已經一年了，英子還是害怕看到手指的「指」字。翻閱報章雜誌時，「指」這個字會自動飛到眼前。彷彿只有那個字的印刷不一樣，看起來特別大。俗話說「心痛」，原來是眞的。這種時候，英子會覺得胸口一帶開始收縮發疼，還會微微冒出冷汗。

仔細一看，發現寫的不是手指，而是指名、指示或指定，這才舒了一口氣，身體也跟著放鬆。

她害怕的還不止是「指」這個字。

看到小學一年級學生也會讓她難過，尤其是小男生。一旦看到戴新帽、背新書包的小男生被媽媽牽著走的模樣，她都會看成是健太。那種不想看、想閉起眼睛的心情，和想看、不得不看著對方的情感交織在一起，讓英子的胸口隱隱作痛。健太是她留在分居丈夫那裡的兒子。

今年春天，一打開電視就會看到的「小學新鮮人」廣告，只要轉過頭去就能避開；但若是在路上遇到，可就無法閃躲了。因爲自從分居後，英子開始靠著推銷化妝品過日子，要是她不出門，馬上就不能糊口了。總不能叫她走路時看著天空吧，何況上面也有她不想看到的東西呀。

英子和分手的丈夫秀一當年一起看見白天的月亮，是在挑選完結婚戒指回家的路上。

走出位於數寄屋橋旁邊的百貨公司時，秀一正在買香菸，英子抬頭看著天空說：

「啊！月亮出來了。」

「你在胡說些什麼！大白天的，怎麼可能有月亮呢？」

秀一邊將買菸找的零錢放進橄欖球形狀的錢包裡，邊跟著英子抬起了頭看著天空。

「眞的有耶！白天也會有月亮出來。」他很驚訝地低喃。

比起秀一，更驚訝的人是英子。

都已經快三十歲的人了，他還沒有看過白天的月亮嗎？

「因爲我一向急著走路，只知道看著地上。白天從來沒有抬起頭看過天空。」

秀一年幼失怙，靠他母親一手拉拔長大。他幾乎什麼零工都做過，大學也是半工半讀念夜間部。

英子突然感覺身體裡面湧上了一股莫名的感動，用力握住了秀一的手。他們就這樣站在數寄屋橋的人群裡好一會兒。事後回想，那是兩人最幸福的時光。

大樓上面藍藍的天空，浮現著一輪白色透明的半圓形月亮。

「你看那月亮像不像蘿蔔？好像切壞了，切得太薄的蘿蔔。」

英子的祖母做起事來，身手俐落。

祖母的指節嶙峋卻很靈巧，不論是做針線活兒、還是拆洗和服、貼紙門，她都得心應手。尤其對自己切菜的刀工更是自豪，常常在背後說她的媳婦，也就是英子母親的壞話：「她呀！粗手粗腳的。」

年關將近時，英子的母親就會被派去大掃除。新年要準備的工作，從切年糕到年菜裝盤等，則是由祖母一手包辦。在沒什麼取暖設備的舊式廚房裡，鋪上一張蓆子，讓還留著妹妹頭的英子坐在一旁，看她十分熟練地用菜刀切菜，她還表演了做涼拌所需的蘿蔔切絲。

做涼拌用的蘿蔔絲要先將整根蘿蔔切成如紙一般的薄片，這可是很困難的技巧。祖母交給英子一把菜刀，要英子試試看，英子照她所說的方法使用菜刀，不是切得太厚，就是切壞了，切成太薄的半圓形。

要是祖母看見了，肯定會說英子遺傳了母親笨手笨腳的血統。小孩子幼小的心靈總是不願意聽見自己的母親被數落，所以英子只要一切出半圓形的蘿蔔，便趕緊塞進嘴巴裡。或許是因爲這個緣故，長大以後蘿蔔切壞時，很自然地便養成順手吃掉的習慣。

向秀一說起這件事，是在有樂町的咖啡廳裡。

「眞好呀！」秀一不停地如此低喃，並像個孩子似的搖頭。這是他心中感動或高興時的習慣動作。邊搖頭還邊翻開黑色橄欖球形狀的錢包，將零錢全倒在桌上，按照幣值加以分類。這也是秀一的習慣。

只要有金錢進出，即便是買了一包菸，他也要記下來並整理零錢。似乎沒有當場完成心裡就有疙瘩。英子覺得身爲一個大男人，這樣做未免也太小家子氣了，只有這點讓她難以接受，可是聽了秀一少年時代的往事後，對他這種作法又倒同情起來。

由於秀一的母親是保險業務員，平常家裡買東西、準備晚餐等都是秀一的工作。因爲母親的個性一板一眼，就連十塊錢的收支也馬虎不得。英子彷彿能看見秀一坐在公寓的茶几前，一邊舔著鉛筆，一邊在廣告傳單背後記下「可樂餅四個八十圓」的幼小身影。

「眞好呀！」

分好零錢的秀一，一邊攪拌著咖啡，一邊重複這句話。

「這種往事，再多告訴我一點嘛！」

英子在祖母的調教下，長大後每晚睡前都要磨菜刀。她說用十圓硬幣磨菜刀最好用了。

「十圓硬幣要怎麼磨菜刀呢？」

英子要秀一從橄欖球錢包裡掏出十圓硬幣，然後拿細長的菜單假裝是菜刀，當場表演了起來。

磨菜刀的訣竅在於刀鋒抵住磨刀石的角度，對生手來說，這是很困難的。將十圓硬幣放在刀鋒下，運用該角度就能磨出銳利好切的菜刀了。

「眞好呀！」

秀一收起十圓硬幣時，又像個孩子似的搖頭。

這件事在當天晚上便說給了婆婆聽。

回家報告挑選好戒指的事，順便留下來用晚餐。擺在餐桌上的不是婆婆做的菜，而是店家外送的壽司，因此婆婆聽了磨刀的往事固然表示讚歎，臉色也有點僵硬。

「自從他父親過世後，我每天都忙著這些。」

婆婆做出了打算盤的手勢。

「所以，沒辦法做太講究的菜給他吃。不過呢，家裡沒有媽媽的味道，對嫁過來的媳婦不是更好嗎？」

她露出了當業務員鍛鍊出來的親切笑容，卻也不忘在最後輕輕加上一句諷刺的話語：「有人說太過鋒利的菜刀，是會傷到肚子裡的胎兒的呀。」

也許是白髮染黑的關係，五十八歲的她看起來要年輕五、六歲。

英子希望和婆婆分開住，但因爲孩子即將臨盆，婆婆也答應拿賣保險賺來的錢幫他們新買的公寓清償貸款，最後還是決定住在一起。

結婚半年後便生下了健太。

「長子誕生。三千一百七十公克。四肢健全，身體健康。萬歲。」

秀一用毛筆在宣紙上寫下這些字貼在牆上，英子出院後，仍然不肯拿下。

還用墨汁塗在健太的腳掌和手心，印在卡紙上。說以後每年的生日都要這麼做，好留作紀念。他還像孩子般興奮地表示他的主管家也都是這麼做的。

儘管工作上難免有些小競爭，但總算平安無事地過了六年。健太手腳的拓印也累積了六張，黑色楓葉般的手印如今也有最初的一倍大了。

那一天是梅雨過後的好天氣。

懷著第二胎的英子一早便到醫院檢查，聽到肚子裡胎位不正的狀況恢復正常了，便安心離去。

也不能說是慶祝吧，因爲心情喜悅，就在回家路上順便進了玩具店，買下健太一直很想要的怪獸面具。

婆婆也因爲難得天氣放晴，在出門上班前把衣櫥裡的衣服拿出來通風曝曬。房間和庭院的曬衣竿上掛滿了婆婆的和服及秀一的西裝，到處都是樟腦丸的味道。戴著面具的健太學著電視上的怪獸發出可怕的叫聲，在衣服之間穿梭奔跑。

英子在廚房切著中元節收到的火腿。

由於婚前說了大話，如今雖然沒有每晚、但至少每隔三天會拿十圓硬幣磨菜刀。喜悅心情依然，連切起火腿都覺得好玩有趣。

「砰！砰！」健太戴著怪獸面具邊喊邊衝進了廚房，手也伸向砧板。健太喜歡吃火腿邊，還規定「尾巴是我的」。

「危險哪！」

責罵時，手一偏便切壞了，火腿切成了半圓形。英子連續動作地將半圓形火腿塞進嘴巴時，健太又調皮地伸手過來。

「危險！」

英子想要大叫制止，但因爲嘴裡有東西而喊不出聲音來。感覺順手切下去的菜刀切到了堅硬的東西，只見健太食指尖切斷了兩公分，滾落在砧板上。

健太的食指沒能復原。

由於他們住在新興住宅區，救護車來得慢，等不及的婆婆不顧英子的制止，一把抱起了健太就往附近的醫院衝去。

因爲醫生不在，又趕往另一家醫院，偏偏這時候救護車也已經來了。也不知道是這一連串的不湊巧還是體質的關係，總之結果並不順利。

秀一趕到醫院，完全不理會低著頭的英子，只是靜靜地坐在打過鎭靜劑、已經睡著的健太旁邊。

包著厚厚一層繃帶的右手，高舉著在枕邊。

「又不是什麼大廚師，一般人家何必每天晚上磨菜刀呢？」

說話的人是婆婆。

「小孩在旁邊玩或吵鬧的話，我是絕對不敢動菜刀或是炸東西的。所以我就說嘛！雖然老是有人抱怨我做菜總是隨便湊合，動不動就叫餐廳外送，可是我的兒子養到三十好幾，可從來都沒有讓他受傷或是燙到呀！」

英子看著丈夫。

希望這時他能說句：好了，不要再說了，最難過的人是英子呀，而且這孩子調皮伸出手來也有錯呀……

英子在心中低喃著這些話，等待丈夫開口；然而秀一只是不斷撫摸著健太的左手沉默不語。

健太三天後出院了，緊接著卻是英子住進醫院。她因爲受到驚嚇，流產了。

英子並沒有爲流產而難過。

甚至覺得這樣才好。

一旦生下孩子，不免得全心照顧，必須抱著餵奶。可是現在她最想抱在懷裡、用自己的身體表達歉意的，是健太。

然而一個星期後出院回家時，健太已經變成婆婆的小孩了。

看見健太包著繃帶的右手抵在胸前，躲在婆婆背後，一聲「媽媽」都不肯叫的模樣，讓她心痛；而走進廚房喝水，看見流理台邊的刀架上插著一把沒有見過的新式菜刀，更令她內心大受衝擊。

「媽！」她不禁開口問說，「我的菜刀……」

「處理掉了。」

「處理……您是說丟了嗎？」

婆婆壓低了聲音，一字一句慢慢說：「暫時，你不要進廚房了！」意思是說「你不用再拿菜刀了，廚房裡的工作我自己來」。而且好像是故意給她難堪似的，家裡的餐桌上擺的，都是在超市買來、裝在塑膠船型容器的現成小菜。

婆婆幾乎不太出門推銷保險了，嘴裡說是爲了照顧健太，其實是因爲風濕痛發作，無法外出走動。

即使健太拆掉繃帶、英子的身體復元之後，秀一也不再觸碰英子。只有一次，夜裡熄了檯燈後，他伸過手來，但立刻又縮回去了。

就像他習慣將百圓硬幣和十圓硬幣分類好才放進錢包裡，他的心理和肉體似乎還沒整理好要原諒英子吧。

到了吹起涼風的季節，英子開始出門兼差。一方面是想幫忙家裡還貸款，但主要原因還是無法忍受兩個女人擠在狹小空間的壓迫感。

剛開始工作時，在家門口跟健太一起玩的小女孩問她說：「阿姨，小健的手怎麼了？」

婆婆就站在她背後，健太則在婆婆背後。

「因爲健太實在太可愛了，所以被媽媽一口給吃掉了。」婆婆說完，一把抱起了健太走進屋裡，並且用力地關上了門。

兼差的職場舉辦迎新會暨忘年會，是在街頭開始出現聖誕燈飾的時候。雖然知道是在下班後舉行，回家時間會拖到很晚，但因爲秀一出差不在家，想到和婆婆兩人坐在客廳裡織毛衣也很無趣，英子便決定參加了。

餐會結束後配合著參加接續的活動，稍微應酬一下便趕著離去，回到家已將近十二點。按了大門的門鈴，婆婆卻沒有出來應門。按了好幾次門鈴，又擔心鄰居聽到，只好壓低聲音呼喊：「媽！小健！」

甚至繞到後門敲門，但仍舊沒有人來開門。

找到新的工作和新的住處，以離婚爲前提開始分居生活，是在半年前。

爲了怕自己反悔，英子用「挑毛病」的方式杜絕三心二意。

秀一說好聽是一板一眼，但其實爲人很小氣。收到點心禮盒時，總是立刻打開盒蓋，計算其中有幾個蛋糕、紅豆餅，然後分配說：「健太四個、奶奶三個、媽媽兩個、我一個。」

上班一回家，也不先卸下領帶，便忙著拿出筆記本整理當天的開支。

「可以給我十圓嗎？」

聽到他這麼要求，問他做什麼用，原來是帳上少了十圓。帳面不能平衡讓他很在意，所以想從家用裡面週轉一下。

英子告訴自己：這次的事件他雖然沒有苛責，但想到今後一生要託付給這種完全不肯幫妻子說話的男人，心都涼了。

還有拿孫子受傷爲藉口來報復她搶走秀一的婆婆也令人厭惡。也不知道婆婆是怎麼樣說她的壞話，從那之後就再也不肯跟她親近的健太，她也放棄了。反正時間久了之後，就算看到「指」這個字，心裡也不會難過了吧。

秀一打電話給她是在初夏時節，英子在路上看到一年級新生，已經能用平常心對待了。

心想對方大概是要她在離婚協議書上蓋章吧，便前往約好的咖啡廳。

然而秀一並沒有帶任何東西過來。

「昨天學校找我過去。」

健太的導師問了一些健太的事。

聽說健太因爲食指短被同學嘲笑時，編了很多受傷的理由。

「是被跑車夾斷的。」

「是被家裡養的烏龜給咬斷的。」

「是被奶奶用菜刀切斷的。」

聽到健太始終不說是自己的媽媽切斷的，英子不禁難過得流下眼淚。秀一默默地遞上了手帕。也不知道幾天沒洗了，手帕都已經髒成了灰色。

一走出店門，秀一突然抓住英子的手臂，默默不語地向前走。直到走進附近一間人稱爲愛情賓館的旅社裡。

已經相隔一年了。當激情湧上，英子的眼淚再度奪眶而出。

「請你回來吧！拜託。」

分開時，秀一說了這句話便搭乘巴士離去。

那是個晴朗的下午，英子悠悠地在街頭踱步。

要回去嗎？我該怎麼做？我該回到那個有我最珍重和最討厭東西並存的地方嗎？

英子心想抬頭仰望天空，如果看到了白天的月亮就回去吧。正準備抬頭，又擔心月亮沒有出來，就這樣任憑汗流浹背，繼續走著。

蘋果皮

實在不應該提到門票的事。

只要不說出心裡的話，兩人也就不會一大把年紀了還站在玄關前毫無忌憚說著令人臉紅的話。

野田是個醫生，照理說對於人體構造應該十分清楚，然而對於理論之外的東西，全都一知半解。所以當他在玄關牆上釘釘子，也不知道是釘的方式不對還是怎地，一看見冒出紅色火花，便用鐵鎚搔著頭皮問：「聽說女人在那個時候，眼瞼裡會出現彩虹，是眞的嗎？」

時子告訴他，沒看過彩虹，倒是眼瞼裡面有過亮光，類似烤牛肉正中央還很生的顏色。同時她發現釘子的位置太高了。

比時子高一個頭的野田，將釘子釘在自己眼睛的高度。爲了一星期只來一次的男人，掛上這幅自己硬是省吃儉用、每個月分期付款的畫，雖然覺得有些可惜，可是話又說回來，這一年來不論是客廳的月曆還是浴室裡掛毛巾的架子，都高了五公分。就目前來說，時子不知道這種情形算是幸福還是不幸，但今天就暫且算是幸福吧！

野田的浴袍敞開了，站在背後幫他繫好，剛洗完澡的溫熱透過厚實的毛巾布傳來，感覺就像是熱水袋一樣。時子跟著承受了在堅硬的水泥牆上釘釘子所產生的震動，使得她的身體連帶受到振盪，一不注意便脫口提到了門票的事。

在黑暗中，身上會竄過一條紅筋。紅筋的寬度約五公分，從大腿內側，即身體中央往雙腳的腳踝慢慢地竄過。有時看得見，有時候看不見。正覺得和什麼很像，嘴裡便說出了門票。

野田若有所思地回答：「門票嗎？原來如此，門票呀……」

他用一副身邊要是有病歷表就要塡寫上去的眼神看著時子，並發出了笑聲。

這種應該是在黑暗中、兩人躺在一起時說的話，她竟然是站在太陽還沒下山的玄關前提起，時子不禁也覺得好笑。就在這時門鈴響了。

野田洗澡前就打電話訂了鰻魚飯，因爲來的時間正好，時子便滿臉笑容打開了門，卻看見弟弟菊男站在門口。

還差二、三年才五十歲的他，卻已經早生白髮，一頭灰白了。身上穿著與頭髮一樣顏色的外套。一雙小眼睛眨了二、三下之後，眼神突然變得空洞起來。

「我下次再來！」

便二話不說地自己關上了門。

菊男做的是銷售教材的工作。今年四月起，家中的老二要讀大學，現在住的國民住宅房間已不敷使用。他曾提過想借點錢，作爲購買新房子的頭期款。

今天菊男也曾打電話到時子上班的地方，聽說她因爲感冒請假，所以除了來探病外，肯定也是要來談借錢的事吧。

菊男並非第一次露出這種眼神。時子和分手的丈夫鬧得不愉快時，他也是如此。菊男對自己沒辦法處理的事情總是採取視而不見的態度因應。

這次大概也是一樣吧。他故意裝作沒有看見站在姊姊背後、穿著浴袍手拿鐵鎚的男人。所以他才完全不問那個男人是誰？有沒有家室？有再婚的打算嗎等問題。然而他卻聽見了男人的笑聲。

緊跟著送來的鰻魚飯，時子覺得腥味很重，只吃了一半，這可是以前從未發生的事。

在不趕時間的時候，巴士或地下鐵偏偏來得快。要前往不是很想去的地方時，連交通工具都會用準時出現的方式來戲弄自己，這讓時子覺得一肚子無名火。比預定時間還早抵達澀谷車站，看著站前百貨公司牆壁上的大時鐘，滴滴答答地好不容易才前進一個刻度，時間是五點半剛過。

時子將皮包夾在腋下，走進了百貨公司，裡面裝有中午休息時間到銀行提領的一百萬圓。

她想起了三天前菊男的眼神。今天晚上菊男大概還是會用視而不見的眼神從姊姊手上接過這筆錢吧？他是那種對於沒看見的事情隻字不提的人，所以應該也不會對他太太提起那一件事吧。爲了打發時間，時子一邊在百貨公司裡面漫步，一邊想著這些。

或許是年關將近的關係，百貨公司裡面人潮擁擠。空氣悶熱得都流汗了，但時子卻懶得脫掉外套。四周有各式各樣的顏色、形狀在晃動，有不同的音樂聲、說話聲和小孩的哭泣聲此起彼落地交錯。這些都與時子無緣，時子想要的，是百貨公司所沒有販賣的東西。想到自己現在的眼神就和菊男當時一樣，最容易成爲扒手的目標，於是重新抱緊皮包，卻聽見旁邊有人對她說話：「要不要試試看呢？」

原來是名爲「Hair Wig」的假髮櫃檯。

平常遇到這種情形，時子會頭也不回地走開，今天卻聽從了店員的招呼，坐在化妝鏡前。

撥開頭髮，裡面的白髮竟顯得十分刺眼。也曾想要染成褐色的，但因爲頭髮長得快，一旦偷懶沒有接著染，就會變成髮根是黑灰參半、髮梢是褐色，像根蔥似的怪異髮色，便打消了念頭。臨時急著出門，假髮倒是不錯的選擇。更何況能坐著休息一下殺殺時間，是最好不過的了。

年輕女店員將戴假髮時使用的髮網套在時子頭上。那是一頂黑色的網帽，頭頂處有個大洞，整個向上梳的頭髮從洞口拉出來，然後再用髮夾固定好。

沒有比變裝前的模樣更滑稽的了。頭髮整個束緊的臉孔，在白色日光燈的照射下，頓時老了三、四歲。說不定不想買東西的人，映照在百貨公司化妝鏡裡的就是這副咬緊荷包的死德性。話又說回來，那個「門票」的說法倒是形容得不錯，究竟自以為是通往何處的門票呢？

女店員一邊諂媚，一邊在時子如同黑色蕪菁的頭上試戴各種假髮。不論是黑色的還是褐色的都戴過了，每一頂看起來都很不自然、很沒有氣質。難道說頭髮是因人的表情而生的嗎？套在頭上整齊、漂亮的假髮，就像是臉上的面具一樣，感覺總是有些怪異。本想回絕店員說下次再看看吧，突然間卻改變了主意。

乾脆就戴著假髮去菊男家吧！

「姊姊，你的頭髮怎麼了？」

只要能讓菊男的太太益代驚聲尖叫的話，或許之後就能輕鬆自在地談事情吧。一聽說尼龍製的要兩萬，眞髮製的三萬，正準備戴上褐色的眞髮時，左眼突然感覺一陣刺痛，原來是髮梢刺到了眼睛。大概是想到那是陌生人的頭髮，就覺得痛得特別厲害！偏偏這時又在假髮中發現一根從黑髮變成白髮過程中失敗的玉米色頭髮。不禁覺得這種半調子的人的頭髮有些可怕。時子最後買了明亮的褐色尼龍假髮，戴著走出百貨公司。

走到外面才發現，假髮其實就像帽子一樣可以保暖。又像是頭上纏著綳帶，再戴上毛線帽一樣，感覺很不舒服。就連映照在櫥窗上的身影，也看起來如同是和自己很像的陌生人。也許是還不習慣，總覺得稍微動一下眉毛，假髮就逐漸向上移動。可是在大庭廣眾的車站前又不能取下假髮。

站在水果店前面的鏡子調整時，一個不小心外套下襬撥翻了一堆三百圓的蘋果。其中一顆滾到了馬路邊，時子快步跑過去撿起來，然後拋給對她點頭做出接球狀的年輕男店員。

記不得那是在戰爭結束後第幾年發生的事情。

時子的父親當時是銀行地方分行的經理，確定將高升回東京總行，而且能分配到位於民營地鐵沿線上的公司宿舍。那裡原是某古董美術商的住家，有寬闊的庭院和傳統的造型，房間很多，是間相當大的屋子。

因爲讀書的關係，時子和弟弟菊男那時已經住在東京親戚家。父親要求他們那天晚上先去住在新家看守。因爲那時報上常有流浪漢在空屋中生火引發火災的報導，而且隔天就有榻榻米師父和糊紙門的師父過來。也不替看守的人著想，新家既沒有寢具也不能生火取暖。父親拜託他們只要住一晚就好了，自己則爲了處理交接業務從上野搭夜車走了。

那是個寒冬的深夜，颳著淒厲的北風。

大學一年級的姊姊和高中二年級的弟弟，穿著像是軍用毛毯重新染色後改製的藍色粗呢大衣，打開了房子的門鎖。也不知道是哪裡出了問題，電居然還沒來。摸索著走進了屋裡。在這個空氣冰冷、空蕩蕩的房子裡，兩人凍得牙齒猛打顫。找不到取暖的火，也找不到水壺燒水。

時子選擇了玄關進來的第一個三坪大的房間，菊男選擇了隔壁的兩坪半大房間，各自背倚著牆，緊緊地蒙上了外套坐著，可是因爲飢寒交迫無法入睡。或許是因爲黑暗，感覺出奇地冷。寒風不斷搖響了作工不是很好的遮雨棚和玻璃窗。

眼睛適應了黑暗後，時子發現菊男似乎也睡不著，透過紙門微開的細縫，看見有個黑影正在移動。

「你身上有火柴嗎？」

「我怎麼可能有？」

「你不是有吸菸嗎？」

「我沒有！」

時子開口說話時才發現自己的聲音和平常不大一樣，有些沙啞。菊男也是，變成了成年男子的聲音。好久以前他就變聲了，但此時在黑暗中聽見弟弟的聲音，卻和父親一模一樣。

經過長時間的沉默後，時子聞到了一股味道。

一如上理髮店時圍在脖子上的白布所散發出來髮蠟和菸臭味混合的氣味，也像是沒有清洗的臭襪子味道，又好像摻雜了吸墨紙的味道。屋裡的空氣像是葛粉湯般地沉重。

這種時候，最好彼此能說些話聊聊天。

就在這時，有人用力敲響了玄關前的玻璃門。一個年輕男人的聲音喊著：「有沒有人在家呀？」

門外照射進來的手電筒光圈在屋子裡面晃動。聲音聽來好像有兩個男人，說著「我們是以前的屋主，想進來拿忘記帶走的東西」。喊話之際，仍然用力搖著玻璃門。

時子要弟弟對他們說「明天再來吧」。

但對方似乎喝了酒，粗啞的聲音越來越大：「有人在家吧！在的話就開門呀。我們不是小偷，只是來拿自己的東西呀。」

偏偏房子裡還沒有裝電話，附近鄰居又離得遠。

弟弟掩護著時子，不讓手電筒的光圈照到她，並往三坪大的房間移動。他輕聲說：「姊，你不要出去。」

他一個人出去打開了大門。

兩個男人身上都穿著復原服（註）。一進門便走向別院的房間，鑽進儲物櫃後，推開天花板，起出了藏在天花板裡面的十幾把武士刀，然後用布包起來拿走了，大概是沒有繳交給駐軍的黑貨吧。時子則是在黑暗中屏著氣，等著那兩個人離去。

離去時，其中一個聲音並不粗啞的矮小男人從卡其外套的口袋裡掏出了兩顆蘋果丟給菊男。

聽見菊男鎖上大門後，時子來到了玄關。

「才不是古董商呢，根本就是跑黑市的。」

菊男自己留了一顆，將另一顆蘋果丟給了姊姊。月光透過迷濛的格子窗玻璃照射進來。不知該說是在微暗中還是微明中，只見紅色的蘋果畫出一道小小的拋物線飛了過來。

菊男回到兩坪半大的房間，時子也回到隔壁的三坪大房間，繼續窩在先前的位置上。咬蘋果的聲音分外響亮，空氣中瀰漫著一股酸甜的香味。握在手中的蘋果十分冰冷，在裙子上擦拭乾淨後，一碰到牙齒，便冷得打起了寒顫。咬在嘴裡時，有種咀嚼稻糠的感覺。菊子一邊發抖，一邊懷疑剛剛的男人是否早已發現屋子裡有兩個人呢？手電筒的光圈應該照到了時子脫在玄關前的球鞋，所以他才會留下兩顆蘋果吧。

時子坐在民營電車的車廂裡，腿上放著包好準備當作禮物的蘋果。假如那兩個男

註：二次大戰後物資缺乏，解召復員的軍人穿著沒有軍階的軍服被稱為復員服。

人沒有出現的話，也不會發生什麼事吧？但因爲有了那兩顆小而冰冷的紅蘋果，那天晚上姊弟倆得以安然入睡卻是事實。

結果，時子並沒有將錢交給菊男。

時子確實爬上了國民住宅的樓梯，走到他家的門口，只是沒有按門鈴便又打道回府了。都怪那股從通風扇冒出來的烤魚味道。夫妻倆和兩個小孩，一家四口買了四片魚回來烤。就算是姊弟，也沒有介入的空間了。

其實她似乎也早已知道會是這樣的結果。

明明知道卻還選在吃飯時間上門，是給自己找藉口呢？還是要品嘗受傷的痛楚呢？假髮壓得她頭好重，一時之間想不清楚理由。

回家的路上，由於頭和蘋果都很重，便在社區的入口招了一輛剛有人下車的計程車。正要坐上車時，假髮勾到了車頂。因爲有髮夾夾著，時子整個脖子向後仰。只好請剛下車、正在收拾零錢的男人幫忙，將勾住的假髮拆下來。只因爲假髮的高度比自己的頭高了一點點，便鬧出這樣的糗事。向那個忍著笑幫忙的男人道謝後，時子將假髮捧在手上，坐上計程車，駛過夜路回家。

打開公寓房門，發現野田幫她釘釘子掛上去的畫歪了。時子是大事不在意、看到畫框歪了就得立刻扶正的個性。掛好了畫走進客廳，丟掉花瓶裡已乾枯的花朵，將一百萬藏進花瓶裡，再輕輕地蓋上那頂一路捧回來的亮褐色假髮作爲鮮花。白色的花瓶就像是雙頰豐腴的年輕女孩一樣，和假髮倒是很相配。

接著拿出白色水果盤，把蘋果放在上面。

不管是花瓶還是水果盤，對時子而言都是不相稱的東西。那些可都是她仔細挑選過顏色、形狀，花了一番工夫才到手的東西。不，不止是花瓶和水果盤。就連家具、椅墊、窗簾的顏色、毛巾的圖案等，時子只要在視線裡看到自己不喜歡的顏色和形狀，她的心情就是無法平靜。

與其身上穿著色彩不協調的衣服，倒還不如穿上已經穿過多年的黑色毛衣。她不喜歡狐狸狗，也不看益智問答節目；絕對不買印有花草圖樣的電器製品；討厭小指頭留指甲的男人、打紅色領帶的男人、笑聲豪爽的男人。似乎活著的三十多年，她總是在意著這些瑣事。

時子拿起一顆蘋果，開始削皮。她習慣將蘋果皮削成同樣寬度的細長條，絕不會削到一半斷掉。水果刀是她去國外旅行時，在一家古董店買的銀製品。然而一味堅持這些，又有什麼意義呢？

菊男和姊姊正好相反。

用的東西普普通通；找的工作普普通通；妻子和小孩也都普普通通。時子對於菊男「自己無法應付的事物就視而不見」的生活態度，有時也覺得不耐煩。然而如今才發現，上了年紀的動物總是在不注意間一點一滴胖了起來，生命也跟著開花結果。今天晚上從國民住宅換氣扇飄出來的烤魚味道，就是菊男人生果實的味道吧！

垂下來的蘋果皮，外表是紅色，裡面則是青白色，周圍還淡淡地沁上一圈淡紅色。時子將削下來的螺旋狀蘋果皮塞進嘴裡。

打開窗戶，霎時吹來一陣十二月天的晚風，像是戲弄套在花瓶上的假髮一樣，使得隨風搖動的假髮恍如活潑快樂的人頭似的。

時子嘴邊掛著一串蘋果皮，對著窗外丟出了削好的蘋果。赤裸的蘋果在幽暗的夜色裡畫出一道帶有香氣的白色拋物線，消失在比自己預期更遠的彼方。然後，時子慢慢地咀嚼著蘋果皮。

酸味家庭

戒菸不過才三個月，九鬼本一早醒來到起床這段時間總覺得無所事事。觸目所及，根本看不到什麼新鮮的事物。只有早已看厭的公寓牆壁和那幅朋友送的早已看厭的畫，還有已經褪色的窗簾。爲了省事硬要全家人一起吃早飯的老婆，以尖銳的嗓門叫小孩起床的聲音，也沒有必要睜開眼睛聽。

想來，這個世界上年過五十的男人，大概沒有一個每天早晨起床是內心充滿希望的吧。

更何況閉上眼睛時，已經很難像年輕時一樣有好夢了。所以用香菸來消磨這段時間最好不過。應該把酒戒掉，香菸只要少抽幾根就好。

每天早上九鬼本都要這麼想一次，可是那一天早上還沒來得及想到香菸，就被叫起床了。

因爲他們家養的貓啣著一隻鸚鵡回來。

綠色的鳥躺在起居室的餐桌下。老婆聽到貓叫聲從廚房飛奔出來時，據說鳥的翅膀還在拍動；等到九鬼本來看時，鉤型的鳥爪已經向內彎曲，如同黑色貝殼般的鳥喙裡可見一條動也不動的粗厚舌頭。貓則在一旁舔著自己身上的毛。

「瞧你又幹了什麼好事！」

這隻貓本來就擅長捕鳥，過去也曾捕獲麻雀、藍雀之類的小鳥，但是像這麼大的卻是頭一遭。

除非是在偏遠的郊外，否則不可能有野生鸚鵡，所以應該是誰家養的寵物吧。

「你說怎麼辦嘛，孩子的爸？」

遇到這種事，老婆說話總是帶著指責九鬼本的口吻。

這公寓是在五年前買的，才剛搬進來就有老鼠。在公司裡開玩笑說彷彿自己每個月分期付款的部分都被老鼠給咬掉了，結果直屬的上司就說剛好家裡生了一窩貓，便送了一隻斑紋母貓作爲喬遷的賀禮。

印象中也沒餵過太多食物，只見那隻貓日漸發胖，而且經常在外面惹事，給他們惹來不少麻煩。

不僅是老婆，最近連女兒說話也帶著指責九鬼本的口吻。

「你問我怎麼辦，都已經死了還能怎麼辦！就找個地方埋掉呀。」

「找個地方！找什麼地方呀？」老婆拉高嗓門加了一句：「我可不要埋在家裡的院子！」

她說院子那麼小，如果埋了這麼大隻的鳥，心裡就很不舒服！出去曬個衣服，想到腳底下埋著屍體，心情也跟著變差了。

「那就用塑膠袋裝起來，拿到外面的垃圾桶……」

還沒說到「去丟掉吧」，老婆和女兒已經齊聲抗議，舉雙手反對！

說什麼這裡的鄰居雖然平常不太往來，偏偏對彼此家裡的垃圾很注意，總是有辦法知道誰家丟了什麼樣的垃圾。一旦被知道丟了一隻死鸚鵡，肯定馬上就惡事傳千里。萬一傳到鸚鵡的飼主那裡，問題豈不更多！

「早安！早安！」一直都沒開口的兒子突然發出奇怪的聲音。原來是在學鸚鵡說話。

「你給我閉嘴！煩死人了。」老婆面露不豫之色。

「把昨天還在說人話的鳥丟進垃圾桶裡，你不覺得有點可憐嗎？」

說的倒也沒錯。

想說給讀大學的兒子一千圓，叫他隨便找個地方把鳥屍給埋了。才剛轉身回房間拿錢包出來，兩個機伶的小孩已經先溜出門了。最後九鬼本只好自己拎著裝有鸚鵡的紙袋離開家門。

從不知道丟個東西有這麼困難。

由於九鬼本服務於一家廣告代理公司，因此出門時已過了交通尖峰時間約一個小時。不過在往車站的路上，仍然有許多趕著上班的人。

平常他都是搭公車，這一天決定走路。因爲出門時他想到可以將紙袋丟進路邊的垃圾箱裡。然而他想得太簡單了。

首先，所謂的垃圾箱已經從這世界上消失了。

或許是童年時期看習慣了，九鬼本腦海中浮現的是塗有黑色焦油的四方形垃圾箱。要他丟到住家用的垃圾桶裡總有些介意，於是鎖定小巷裡餐飲店用的大垃圾桶，他甚至想：只要用一根手指掀開蓋子就不會沾上那些又黏又黑的髒東西，然後屏住氣將紙袋扔進去就萬事OK了。

有些話不能說得太大聲：他覺得還是以前比較好。

那時候有臭水溝，有空地。

還有不清楚有沒有人住的大房子。不過是一隻裝在紙袋裡的小鳥，隨便往哪裡都能丟掉；可是如今，似乎只能丟進垃圾桶裡了。

心想丟在這條巷子裡好了，走進巷子掀開蓋子時，偏偏不湊巧，發現對面公寓的窗戶開著，裡面有個男人正在刷牙；接著一個戴著髮捲、身穿睡袍的女人踩著拖鞋走出來，丟完垃圾還一邊抓著頭皮，一邊瞪著九鬼本往回走。

這裡是公共的垃圾區，其實可以和對方點個頭，很自然地將紙袋放在垃圾箱上面。但因爲心虛的關係，九鬼本還是放棄了。

就這樣一路想著這條街、下個轉角吧，最後竟已經抵達了車站。

鸚鵡不過比鴿子大一點，但或許是因爲死了的關係，提在手上還滿重的。

大概是因爲惦記著這件事，身上流的汗竟是平常的兩倍。

對了！那就丟在車站的廁所吧。打定主意往廁所走去，卻看見門口掛著「清潔中」的牌子，進不去。走近月台的垃圾桶時，又看見站務員杵在旁邊。

「荻窪站！」不知道是不是擴音器壞掉了，連播報站名的聲音聽起來都像是鸚鵡在說話。

花了許多心思都無法成功，九鬼本只好抱著紙袋踏進了車廂。

九鬼本將紙袋放在架子上，眺望著車窗外。

就這樣下車不就好了嗎！

怎麼沒有想到這個最簡單的方法呢？

然而就在下一站，坐在他面前的乘客下車了。九鬼本有了位子坐，心情卻突然不安了起來。

他老是惦記著頭上的紙袋。

坐在死鳥的下面，總是感覺很不自在。雖然說有用塑膠袋包著，應該沒有問題，可是剛剛在大熱天裡走了十五分鐘。萬一有什麼紅色液體滴下來，豈不麻煩？

九鬼本將紙袋從架子上取下，放在腿上，然後又移到腳邊。

丟了吧！非丟掉不可！儘管心中這麼想，卻沒有臨門一腳的勇氣，就這樣一路拖延牽絆著。這種心情，他有過經驗。

九鬼本最初是在中野車站附近的一家小廣告公司上班。

由於學生時代熱中於演戲，等到開始想要找工作時，已經比其他人慢了好幾步。

那是一家除了老闆以外只有五名員工的小公司，所承接的業務不是製作簡單的教學影片，就是幫商店街設計促銷活動。

說是大樓，只是名稱好聽，其實是位在巷子裡的兩層樓灰泥屋。樓下是房東開的美容院，爬上嘎嘎作響的木頭樓梯，左邊是打字行，推開右邊的夾板門就是他工作的辦公室。

九鬼本什麼工作都要做。

填寫信封上的地址、刻鋼板印刷、畫海報、塗招牌的油漆。也曾經坐上掛有紅白相間布幕改裝成臨時宣傳車的小型卡車，開到車站前，替服裝店大聲廣播自己所寫的大拍賣文案。

最奇怪的是那次「燒酒女郎」的宣傳活動。

從電影公司新人中找來五個最不起眼的女孩，要她們穿上在當時算是很暴露的露背裝，站在敞篷車上，正準備出發時，負責指揮的老闆把九鬼本找了過去。

老闆要他到下面的美容院要一點除毛霜。

看到九鬼本完全摸不著頭緒，愣愣地站著，老闆一臉「連這個都不知道」的神情，指著自己短袖襯衫裡的腋下說：「有些女孩這裡沒刮乾淨呀！」

走進樓下生意興隆的美容院要除毛霜時，九鬼本臉紅了。兩個女孩像喊「萬歲」一樣雙手高舉，然後在她們腋下塗除毛霜，一邊聽著她們怕癢的嬉笑聲，一邊用衛生紙幫她們擦掉半融化的短毛和有硫黃味的白色除毛霜，再遞上濕毛巾時，九鬼本不禁覺得有些難過。

因爲前不久，他到大藏省（註）出公差時，在走廊上遇到了大學時代的朋友，聽到某個在貿易公司上班的同學已派駐到美國去了。

我究竟在做些什麼呀？他自忖。

九鬼本至今仍記得那時所買的一張唱片。

A面是當年最流行的〈田納西華爾滋〉，B面則是書包嘴（註）演唱的〈玫瑰色的人生〉。

就歌曲而言，他比較喜歡〈玫瑰色的人生〉，但現實生活中他就像人生不如意的〈田納西華爾滋〉。

和陣內一家人認識，就是在這段時期。

記得那時正在幫警察預備隊，也就是自衛隊的前身，製作訓練教材。

由於把照片交給普通照相館放大是按照正常價格收費，沒有油水可賺，同事中有

註：相當於我國的財政部，主要業務有七大項，即國家的財政、通貨、金融、外國匯兑、證券交易、造幣事業及印刷事業。

註：Satchmo，爵士歌手路易·阿姆斯壯（Louis Armstrong）的暱稱。

人找上了陣內。

陣內就是陣內照相館的老闆。

說的好聽是照相館，其實不過是搭建在中野車站後面歷經戰火焚燒的廢墟上、一間六張榻榻米大的臨時小木屋。

或許是逃過戰禍，在此安身的吧。總之陣內將壁櫥改爲暗房，六張榻榻米大的空間既是客廳也是工作室，到了晚上則變成他和妻子、三個小孩睡覺的地方。

後來和陣內接洽就成了九鬼本的工作。

陣內長得其貌不揚，但手藝卻是一流。

高明的沖洗技巧根本令人無法想像是在壁櫥裡完成的，交貨時間也很準時，收費更是便宜得叫人過意不去。

可是陣內卻還是不斷說著「這樣對我幫助太大了」，並對前來接洽的九鬼本表現出「我該怎麼做才能讓你更滿意」的謙卑態度。

陣內照相館實在是太小了。

晴天的話還好；遇到下雨，不但得把火爐、晾曬的衣服搬進來，連平常都在外面玩耍的老二、老三也會回來，房子裡根本無立足之地。

九鬼本一進去，陣內便開始斥責妻子，要她收拾東西。說是收拾，不過只是將東西塞進壁櫥裡而已。但如果不這麼做，就連坐的地方也沒有了。

喝著他太太端上來味道淡薄、溫度有些涼的茶水時，九鬼本這才發覺，這房子竟然全部都是陣內自己搭蓋的。

不論是天花板、柱子還是窗戶，都是用不同的材料和尺寸拼湊黏貼而成一個家的形狀。就連應該是裝上一整塊玻璃的窗戶，也很明顯看得出來是將兩塊厚度不同的玻璃前後用膠帶給固定住。至於那些鬆動的榻榻米，想來也是路上一片、兩片撿回來的廢棄物吧。

不止是房子，似乎鍋碗瓢盆之類的用具也都是撿來的。

戰後的日本經濟上雖然有復甦的徵兆，但東京仍然有許多廢墟，像陣內照相館這樣的人家並不稀奇。只是在沒有親戚遭遇戰禍的九鬼本看來，不免十分驚訝。

其中最讓他驚訝的是味道。

很酸的味道。

九鬼本起初還以為他們家是否做了大量的什錦壽司，後來又以為可能是來自於營業用的顯像液，但又好像不對。

雖然很酸，卻又不是那種很刺鼻的酸味。

而是夏天將剛煮好的飯拌上白醋，再用扇子搧出來的那種蒸過的酸味。

也像是天候稍涼時，做海苔捲、豆皮壽司的味道。

他們整個家都有那種味道。

不，甚至連屋裡的人也都有一股酸味。

一想到這茶杯可能是在哪個廢墟裡撿回來的，九鬼本便趕緊起身告辭。走到門口時，陣內追了上來。

矮小的身體靠過來，將信封塞進九鬼本的口袋裡，裡面裝的是給他生意的回扣。

九鬼本想要退回，陣內卻壓住了他的手。別看陣內體格瘦弱，力氣卻不小。

他那顆長得像是芋艿的頭，五尺不到、胸板扁平、缺乏油水的身體，已經看不出原來是什麼顏色的襯衫，都發出了什錦壽司的味道。九鬼本這才想到，說不定他們是爲了節省洗澡錢。

九鬼本找來陣內的女兒京子當「正確刷牙方法」教育短片的模特兒，原因之一是預算不夠。

京子的長相普通，牙齒卻很漂亮。由於老是拿人家回扣，也想用付模特兒費的方式來表達一下心意。

然而陣內一家人似乎誤會了九鬼本的本意。

後來只要九鬼本去陣內照相館，京子就會代替她母親出來送茶水。

記不得是叫做凱蒂還是凱薩琳了，反正當時一邊聽著那個有著女性名字的颱風即將來襲的消息，一邊加班，所以應該是夏天快結束的時候吧。

京子送傘來到九鬼本獨自留守的辦公室裡。九鬼本道完謝送走了京子，過了三十分鐘離開辦公室時，卻發現京子站在屋簷下。

白木棉洋裝濕透地貼在身上，頭髮和臉也都濕淋淋的。

那天晚上是在什麼樣的心情下邀約京子的呢？

既非〈田納西華爾滋〉，也不是〈玫瑰色的人生〉，而是其他不同的心情。對於現有工作的不滿、一步一步向上爬的同學、企圖討好他而卑躬屈膝的陣內、向陣內收取回扣的自己，似乎都是原因。但如今回想，或許唯一的理由就是自己不過才二十六歲的青春吧。

雨水打濕的京子身上沒有那股什錦壽司的味道。其實他早已忘記這件事了。

看了報紙的求職欄，到一家位於銀座的大廣告公司應徵並被錄取，是在那件事發生後不久。

九鬼本喜出望外。

新的辦公室可是樓高八層、堂皇的鋼筋水泥大樓。

還有冷暖氣。

那是一家眾所周知的一流公司，薪水也增加了將近一倍。

九鬼本搬家了。

他想丟掉一切舊有的東西。

例如幫女孩在腋下塗抹除毛霜的往事、向陣內照相館收取回扣的行爲。丟棄的過去也包含了那個酸味家庭和京子。

和京子從那次之後，還見過三、四次面。

對於未來的保證，他倒是一句也沒提過。但就算這是爲自己開脫的藉口，也應該好好說聲再見吧！

可是該說些什麼才好呢？

也許是因爲父親的交代吧，看到京子努力討好自己的模樣，九鬼本覺得很難過。但這些話他說不出口。

不記得是第二次還是第三次的約會，兩人在一家畫有溫泉標識的便宜旅館休息。當九鬼本看到京子將茶杯裡喝剩的水潑灑在屋頂瓦片上，那動作和陣內的妻子一模一樣，不禁心生厭惡。這種事他也不能明說吧！

兩人走得腳痠，卻都不願意開口，一直走到了中野車站前面，卻碰巧遇上了陣內。

陣內叫京子先回家，然後約九鬼本一起走進站前的一家烤雞店。雖說是烤雞店，賣的卻都是牛和豬的內臟。

陣內拍著默默咬著硬肉塊的九鬼本肩膀，祝賀他找到新工作，並說：「沒關係，沒關係，你什麼都不用說。」

然後把一個裝了東西的信封塞進九鬼本的口袋裡。

「這是心意，一點小小的賀禮。」

陣內壓住九鬼本推辭的手，依然是那麼地有力。當時九鬼本很想一拳打昏陣內，絕非是因爲喝了便宜酒的關係。

死掉的鸚鵡放在九鬼本的置物櫃裡。

冷氣很強，原本還有些溫熱、柔軟的鳥屍，應該已經變得又冰又硬了吧。

再過一會兒，下班的鈴聲就會響了。

到時候再打開置物櫃拿出紙袋，抱在胸口直接前往銀座常去的酒吧。

把東西交給出來迎接的媽媽桑，請她幫忙丟掉。

那家店裡，其實還有一樣必須丟掉的東西呀！

耳朵

冰枕在耳朵下面發出「咕嚕咕嚕」的聲音。

裡面的冰塊早已經融化了。

每動一下頭，溫涼的水就像拍擊著船身的波浪一樣，傳到了耳膜。

燒好像退了。

明知道這時候出門上班的話，應該能趕得上下午的會議，但楠打算請假。一年只請假一天算是不錯的了。不遲到、不請假，在以前算是出人頭地的捷徑；但對現在這個不通情理的上司而言，只會被看得更扁。

聞著冰枕類似太陽曬過的橡膠味道，感覺自己都已經五十好幾了，卻有種想要撒嬌或是故意使壞的心情。

好像小學時裝病請假，將溫度計插在腋下時，總覺得時間特別長。還記得母親確認刻度的認眞眼神，水銀柱如果沒有超過三十七度的紅線，就得起床上學了。

躺在床上仰望母親的臉，感覺好像小孩般可愛。大概剛剛還在做洗滌的工作，母親的手總是濕淋淋的，而且紅腫。身上穿著白色棉布圍裙，手腕上不知道爲什麼老是緊緊套著兩三條橡皮筋。房間角落裡的陶瓷大火盆上，水壺正冒著蒸氣。

每次有家人感冒，家裡面就會瀰漫著金柑煮冰糖的酸甜味道，那是家裡治喉嚨痛的偏方。

母親會伸出她冰涼的手貼在楠的額頭上，檢查燒是不是已經退了。有時也會將自己的額頭貼在年幼的楠的額頭上。這時母親的呼吸和茶花油的味道總會刺激楠的鼻子發癢起來。

有一次大概是冰枕的夾子壞了，從冰枕漏出來的水從耳朵沿著脖子往下流，濕成了一片。

「要是變中耳炎就糟了！」

於是幫他換上了用暖桌溫熱過的法蘭絨睡衣。父親偏偏在這種時候不斷地叫喚母親，他因此感到很嫉妒。

不夠冰涼的冰枕在耳朵下面發出水聲。咕嚕咕嚕。明明是一種很平穩的聲音，橡膠的味道聞起來也很令人懷念，然而心情就是難以平靜。

結果罹患中耳炎的不是楠，而是弟弟眞二郎。

馬路上有種「禁止通行」的號誌。

裡面大概是變壓器吧，用金屬做成可容一個人進去的小屋，上面寫著「危險」、弟弟的中耳炎，對楠來說，就是前面「禁止通行」的一種「危險」。不知道爲什麼，只要一走到那裡，就必須轉身離去。

楠從被窩裡坐了起來。總不能成天將耳朵靠在冰枕上，聽著咕嚕咕嚕的聲音吧。

「喂！」

想要呼喊妻子的名字時才猛然想起。

因爲自己說今天要請一天假，可以幫忙看家，因此妻子出門了。

楠將妻子的褐色短外褂披在睡衣上，起身去喝水。

沒有家人在的屋子，看起來就像別人家似的。

這個上下共有五房的小巧住家，突然間感覺有些陌生。

站在廚房的楠，發現自己不自覺地打開了冰箱。扭開水龍頭之前，並沒有打算吃東西，既然開了冰箱，就看看裡面有什麼吧。

我這是在幹什麼？一邊嘲笑自己，手卻已經伸出去，由上而下地拉開食品櫃的小抽屜檢查。

和洗衣店、雜貨店的帳單擺在一起的是整把的橡皮筋和蠟燭，另外還有空空如也的眼藥水瓶、火柴等雜七雜八的小東西。

楠走進起居室。

我現在做的事簡直和小偷沒兩樣，也向自己說這種行爲要不得，卻還是很想打開壁櫥、檢查妻子梳妝台的抽屜。試圖壓抑住這種心情時，就感覺呼吸變得急促起來。

夫妻倆育有一男一女。

這是一個很平凡的家庭，並沒有什麼特別的祕密。只因爲一個人看家就想要翻箱倒櫃，實在是始料未及。

楠自己並沒有這種癖好。夫妻倆都已經快要迎接銀婚了，他連妻子的皮包都沒有打開過。

今天是怎麼了？還以爲退了，可能還有些發燒吧。一個人坐在客廳時，總覺得家裡的牆壁、櫃子好像都串通好，藏了什麼祕密似的。

身體裡面湧起了一段小小的衝動。

放任不管的話，覺得自己會去打開壁櫥，甚至爬上二樓翻動女兒的衣櫥、書桌抽屜等，他感到十分不安。

這種時候來根香菸就好了。

楠對於半年前下定決心，如今好不容易才上軌道的戒菸行動感到後悔。

還以爲剪得很整齊，但是用放大鏡一看，卻發現指甲前端像鋸齒一樣凹凹凸凸的。手背的皮膚也像從飛機上眺望的海面，細密地泛起了三角形的波浪。

榻榻米裂縫處的藺草像是被攔腰砍斷，露出了裡面如包穀芯般的東西。一段一段的榻榻米紋路，就像是一個個的小坐墊一樣，仔細想想也是理所當然的，但還是讓楠覺得不可思議。

拿起查字典時所用的放大鏡看各種東西，倒也能解解悶。

最有意思的是棉絮。

從披在身上那件妻子的褐色短外褂袖袋掏出來，放在餐桌上仔細觀察。和袖袋角的形狀完全一樣，很像是輕薄柔軟的毛氈。透過放大鏡一看，原來是各種顏色纖維的集合。

不知道是從哪裡飛來的，幾根類似毛髮的東西和一顆仁丹、一根的紅色絲線形成半圓形。

拿起那團好像很容易毀壞的灰色棉絮，一不留神還可能會看成是某種花朵。

楠心想：所謂的「優曇花」，會不會就是這樣。

那是印度一帶想像中的花朵，據說每隔三千年才會開花一次。有人說是吉兆，也有人說是凶兆。

灰色如雲朵，又像是鳥巢的是它的花瓣，銀色顆粒和紅色絲線肯定就是它的雄蕊和雌蕊吧。

名字和長相全都忘了。

楠唯一記得的是那個女孩比他小二、三歲。有半年還是一年的時間，小女孩住在楠他們家隔壁。

不對，楠還清楚記得一件事。

女孩耳朵內側的突起上，總是垂著一條紅絲線。

女孩耳朵突起的地方，長了一顆米粒大小的肉瘤。紅絲線就綁在那一顆肉瘤的根部。

「像這樣用力綁著，不久那個肉瘤就會爛掉脫落。」女孩這麼說，並且讓楠看她的肉瘤。

「洗完澡後，奶奶會幫我綁上新的絲線。本來應該要綁得更緊才行，可是這麼一來我會很痛，爸爸說怪可憐的，還是綁鬆一點吧。結果肉瘤就不太容易脫落了。」

那一條總是新的紅絲線在女孩耳朵下晃動。

剛上小學的楠隔著那道低矮、徒具象徵意義的籬笆，看著小女孩那一條晃動的紅絲線。

「爸爸每次都把我抱在腿上，拉我耳朵的這條線玩。眞是討厭！」

女孩拍球的時候，紅絲線也跟著搖晃。打著花結的紅絲線，看起來就像是單邊的耳環一樣。

楠凝視著小女孩如小蝸牛般的耳朵。說到人的耳朵，爲什麼會長成那麼奇怪的形狀呢？左右各一，形狀相同。合在一起的話，肯定就像貝殼一樣完全吻合。

楠很想摸一下女孩的耳朵。

很想用力拉扯紅絲線，讓女孩大叫一聲：「好痛！」

很想讓女孩哭泣。

雖然說綁得不是很用力，女孩耳朵上白色米粒狀肉瘤仍逐漸變色，變成了茱萸般的顏色。

他很想將茱萸的果實含在口中，然後用力一咬柔軟的顆粒。他想看看這個時候女孩會有什麼樣的表情。

他想窺伺在那顆茱萸果實上方的耳孔，不知道裡面會是什麼模樣？

摸自己的耳朵是楠當時的壞習慣。不知道爲什麼，母親只有那一次會那麼用力地打他。

「不可以亂摸耳朵！」

聽見母親高聲斥責，是在他被甩耳光之前還是之後呢？

是因爲弟弟眞二郎罹患中耳炎，常去醫院看病嗎？

眞二郎從耳朵到頭部都包紮著繃帶。母親對鄰居說是玩水的時候耳朵進了水的關係。她也是這麼告訴楠的。這麼一來，那就是在作夢嘍？

楠從廚房裡拿了一大包火柴盒出來，因爲他想探看隔壁女孩的耳孔。

就在前不久吧？家裡的澡盆壞了，楠和父親一起去澡堂洗澡。

在進澡堂前，楠握在手上的洗澡錢掉進了水溝裡。父親從袖口掏出火柴，點燃了一根在水溝上照看。大概是溝裡有溫泉水流動吧，在充滿硫黃味、漂浮著污垢的半透明熱水中，看見了掉落水中微微發亮的錢幣。

楠擦亮了火柴靠近觀察，可是太暗了看不清楚。他又點燃了另一根新的火柴，火光比剛才更靠近耳孔。萬一燒到紅絲線就糟了。

小心翼翼地將火拿近，紅色火焰瞬間便被吸進了耳洞裡。

眞二郎像被火燒到般地嚎啕大哭，火柴熄滅了。

爲什麼是眞二郎哭呢？

爲什麼不是小女孩哭，而是眞二郎呢……？

楠用雙手打開了起居室裡的櫥櫃，隨手將拿到的東西丟出來。

他拉開了五斗櫃的抽屜，也拉開了化妝台的抽屜，將裡面的東西全部倒出來。

從身體裡面湧起的那一股又熱又黏的東西爆發了。

當身體停止活動時，嘴裡卻發出了野獸般「喔嗚喔嗚」的呻吟。

眞二郎的綽號叫做「勝利牌」。

那是唱片公司的商標，一隻側著頭、身上有黑色斑點的白狗。

因爲一隻耳朵重聽，聽別人說話或音樂時，總是用聽得見的耳朵轉向聲音的來源。自然會和那隻狗的動作一樣。

不記得是幾年級時發生的事，弟弟領到新的作業簿，就在封面寫上「勝利牌楠」的名字。

家人看了都大笑。可是原本跟著一起笑的母親卻突然推開正在笑的楠，一把抱住眞二郎哭了起來。

因爲抱得很緊，眞二郎掙扎地喊說：「幹什麼啦，會痛耶！」

這句話其實是他要對哥哥楠說的吧？

「勝利牌」的升學和就業都受到了某些影響。

爲此，眞二郎打從一開始就放棄一流大學和一流企業。連帶地也影響了他的性情，變得不愛說話，有些彆扭。和女孩之間的交往也不太順利，直到年近不惑才成家。他的妻子，有輕微的跛腳。

楠上了二樓。

走進兒子房間，拉開書桌的抽屜，裡面跑出一本包著塑膠套的裸體雜誌。書架上隨身聽的耳機也丟在地板上。

他又轉往女兒房間，正準備拉開書桌抽屜時，腳底感到一陣刺痛。是個圖釘大小的金色首飾。眼前跳出一個七公釐長的針狀物，他立刻知道是個耳環，就是那種要在耳朵鑽個小孔才能戴的耳環。

就在半個月前，當他知道女兒居然背著父母去穿耳洞，父女倆當場在餐桌上吵了起來。

「現在流行呀！大家都有穿。」女兒的語氣十分激動。

「那如果大家都去殺人、偷東西，你也跟著做嗎？」

雙方你一句我一句地互不相讓，結果父女倆對峙了兩三天，彼此都不開口。最後靠妻子在中間打圓場，兩人才逐漸以和解收場。但這會兒腳底的痛，加上看到血絲滲了出來，楠不禁又全身發熱，怒火中燒。

他憤而拉開抽屜，看見一只女用打火機，裡面還有香菸。

楠叼起了一根香菸，用打火機點燃。

手抖動得十分厲害。

或許是半年沒有吸菸的關係吧，還是燒得很厲害，感覺有些暈眩。

就在頭昏眼花的情況下，他打開了其他抽屜，翻動裡面的東西。女兒居然還有個很漂亮的菸灰缸。

楠接著又吸了另一口菸。

這根菸有點受潮，嗆得他眼睛滲出了淚水。

「爸爸！你在幹什麼？」

突然間有人對他大聲斥責。

原來是女兒放學回來了。

「你怎麼可以偷偷跑進人家房間？就算是父母也太過分了！」

當他回過神來，已經甩了嚴詞抗議的女兒一巴掌。

「你有什麼資格跟我這麼說話？你說這是什麼？還有這個！」

他將吸到一半的香菸和打火機伸到女兒面前，正準備舉起踏到耳環而受傷的腳底時，楠才發現自己的不講理。

晚女兒一步回家的妻子，看到樓下一片狼藉的情況，雖然當場愣住，但因爲當著孩子的面，所以嘴裡還是袒護著丈夫說：「孩子們的爸，你除了感冒，血壓也很高嗎？」

說話時卻狐疑地觀察著楠的眼神。

裝滿水的冰枕在耳朵下面發出嘰嘰的聲響。

就像碰撞的冰山彼此傾軋，互不相讓。

剛才那種溫熱的橡膠味已經消失了，只剩下耳朵刺麻的感覺。

父親和母親多年以前都已作古了。

關於那天玩火柴的事，已經找不到人可以問了。

楠計算著自己還有多少天的有薪休假，想著過兩天要請假。

眞二郎在北海道開著一家做起司的小工廠過日子。

這四、五年來都說工作忙沒有見面，應該去看看他。

見面時，哥哥會坐在暖爐旁默默地喝酒，弟弟肯定會擺出一貫的「勝利牌」姿勢，靜靜地看著窗外的雪景。

不都說凡事應該都要試試看嗎？不妨向他提起以前住在隔壁，那個耳朵垂著紅絲線的小女孩的事。

那個時候眞二郎才四歲吧。

「我不記得了。」

他一定會側著頭，身體斜向一邊地這麼回答。

接著該說些什麼呢？躺在冰枕上發麻的頭殼裡，話語也隨著歲月一起凍結住，什麼也想不出來了。

花的名字

將以剩餘布料做成的墊子墊在電話底下時，丈夫松男曾說：「什麼呀，這是？我從小家裡就沒有椅墊，不也一樣長大成人了嗎！」

言下之意是看不慣機器也和人學起了享受。

電話如果沒有東西墊著，鈴聲響時，聲音會太粗野、太刺耳。常子差點就要脫口這麼回答，還好又將話吞了回去。因爲在丈夫面前，什麼「神經大條」啦、「粗野」之類的字眼都是禁忌。

今年冬天起，常子開始有手腳冰冷的毛病。或許是這個原因，她看到赤裸的電話就擱在白色樹脂加工的底座上，總覺得電話屁股會好冷。當她半開玩笑地如此解釋，松男便不再多說什麼，拿著浴巾一邊擦背一邊走進房間裡。

年紀已經將近五十了，寬廣的背部有許多水珠滴流，他最近似乎又胖了一圈。

年輕的時候並不是這樣的。

在還談不上是夫妻吵架的小爭執中自知理虧時，丈夫會立即轉過瘦削的肩膀，拖著粗魯的腳步聲回房間睡覺。他的背影彷彿仍堅持說：「那又怎麼樣！」

每當這樣的夜晚，常子身旁的被窩肯定會有手伸過來。松田是那種非得在當天把事情解決清楚、證明自己優越地位的急性子。在黑暗中承受重壓時，常子腦海中總會浮現刊在報紙角落的相撲勝負表。這時松男總是默不作聲，在常子的左耳邊吐出心中堆積的怨氣，並往她身上加重衝擊的力道。只有在自己的名號上面打上勝利的白星，才肯入睡。

然而如今已不再有這種情形了。

就寢後，不到五分鐘便能聽到他鼾聲大作。

二十五年的歲月，爲丈夫的背增添了血肉。對於日常生活中的瑣事，他嘴裡或許會說幾句，但最後還是會聽從常子的意見。

聽見了「國歌」的聲音。

是來自隔壁鄰居家的電視機。不知道爲什麼，他們家似乎總是要看到演奏國歌才肯關掉電視。

已經讀大學的兒子和女兒還在外面鬼混沒有回家。覺得電話鈴聲太吵、太刺耳，所以要墊塊布，或許正代表了常子經常一個人守在家中等候的證據吧。一家四口聚集在客廳喝茶聊天時，是不會聽見鄰居家的國歌的。

自從放上墊子後，常子發現自己的內心似乎期待著有人打電話過來。電話鈴聲很明顯地變得圓潤、溫暖許多。爲了測試這種變化，常子一直期待有更多的電話打來。

而且最近每次電話鈴響都能帶來好消息。大兒子的工作已經內定、丈夫高升會計部經理等，都是透過電話得知的。出門購物時，不愼將母親遺留給她的錢包丟失了，接到超市店員「拾獲財物被搜刮一空的錢包一只」的通知，也是這溫馨祥和的鈴聲傳來的。

常子在廚房削馬鈴薯。因爲是去年收成的馬鈴薯，上面發了許多芽。使用菜刀尖挑掉芽眼時，想起了母親第一次教她使用菜刀的情景，記得當時削的也是馬鈴薯。

「馬鈴薯的芽眼有毒。」

印象中，母親似乎還說過馬鈴薯和薄荷一起食用會致死。一邊吃著咖哩飯和可樂餅，猛然想起白天在外面吃了薄荷糖，心裡頓時七上八下。那是幾歲時候的事呢？

電話鈴聲從客廳傳來。

常子十分滿意這溫柔的響聲，很高興地回應了一聲，小跑步地上前接電話，以愉悅的聲音報上姓名。

「請問是松男的太太嗎？」

是陌生女人的聲音。

「請問哪裡找？」

對方沉默了一下說：「我是受你先生照顧的人。」

這回輪到常子說不出話了。

覺得驚訝卻又不很意外。

這兩種感覺就像理髮廳紅藍兩色的旋轉招牌一樣，在腦海中不斷地轉動。

能否瞞著你先生，我們見一面？就是今天，你現在有沒有時間呢？對方的語氣像是在談論別人的事情。

在常子腦海裡，黑色電話線路的那頭是一片漆黑，一個女人坐在黑暗中。看不見她的臉和身體，只知道她和自己一樣拿著聽筒坐著。年紀或許只有常子的一半，也可能再大一點，似乎不像是個良家婦女。

常子發現，在手指上把玩的紅色墊子流蘇已經因爲污垢有些髒了。怎麼還不到一個月，就變成如此討人厭的顏色了呢？

她和對方約好傍晚在飯店的大廳見面。

「可是我不知道你的長相呀！」

她才這麼回答，對方便輕笑一聲說：「我認識你。」

爲什麼她會認識我?難道是丈夫給她看過家人的照片嗎?常子感覺自己的腋下開始冒汗了。

最後當常子問起女人名字時,不禁再一次驚嚇得說不出話來。因爲她聽到是「常子」,心想丈夫居然找了一個和自己同名的女人,但立刻就發覺是她聽錯了,女人說的是「石蕗子」(註)爲了小心起見,常子又再問了一次。

「就是『石蕗』花的石蕗。」

「石蕗二字是用漢字寫的嗎?」

「不,是用片假名寫的。」

掛上話筒後,常子呆坐在原地好一會兒。馬鈴薯的澱粉沾在黑色話筒上,留下了白色指印。

突然間她覺得好笑,笑得直不起腰來,因爲她發現那女人的名字居然和花的名字一樣。

結婚之前,松男對花的名字幾乎一無所知。櫻花、菊花和百合。

他所知道就是這些。但再仔細一問，似乎連這三種也會搞混。

「只有櫻花我絕對不會認錯，因爲那是我讀過的那所中學的校徽。」

看他自信滿滿的，便考他櫻花和梅花如何區別，頓時又變得不可靠了。

「還是算了吧。」

常子回到家後，不禁嘆了一口氣。

想到今後漫長的一生，要和這個對什麼花開了、什麼花謝了漠不關心的男人共度，年方二十的常子覺得毫無情趣可言。

其實並不單只是花名的問題。

可是常子的母親卻突然對這樁婚事熱中起來。

她說這種男人才能讓妻子幸福。

「看你爸爸就知道啦！」

常子的父親，說得好聽點是興趣廣泛，說得明白點則是樣樣精通卻窮困一生。拿起了魚，能夠理乾淨做成生魚片；玩結繩，打得比母親做的還漂亮；對女人的和服也

註：常子日文為「Tsuneko」，與石蕗子「Tsuwako」音相近似。

有相當的認識，選花樣配色他是一流，所以向女人搭訕的甜言蜜語應該也很拿手吧。身爲公務人員，一輩子沒什麼出頭，但也曾有過常子不知道的風流韻事。

在母親的慫恿下，再次和松男見面時，他自言自語地表示：「我其實有缺陷。」

常子不禁抬頭看著這個比自己高出一個頭的大男人。

他說自己從小到大，父母便嚴格要求要考上名門學校，成績要名列前茅，所以滿腦子裡都是數學、經濟學原理，一路走來只知道朝著前方邁進。

「假如我們結婚了，你可以去學插花，然後回來教我。」

常子一聽，差點就要撲進松男懷裡。但爲了顧及女孩子家的尊嚴，她克制住自己，但松男立刻伸出青筋畢露的大手執起了常子的小手。

只要你不嫌棄，我願意教你。

不管是花的名字、魚的名字還是蔬菜的名字。

松男果然履行了諾言。

蜜月旅行一回來，就讓常子向附近的花道老師學插花。每當一週一次的上課日，下班後他便直接回家，草草吃完晚餐，即要求常子示範當日所學，認眞的眼神就像是觀摩手術的實習醫生一樣，嘴裡還不厭其煩地反覆詢問：「這是什麼花？」

學習插花的夜晚，也一定會動作粗魯地向常子求歡。新婚時沒有發覺，直到婚後五年，在偶然的機會裡，常子看到丈夫的記事簿才恍然大悟。

松男當天會將常子告訴他的花名記在記事簿上，就像：

三月×日　喇叭水仙（黃色）

繡線菊（白色）

而且還會在當天的最後一個欄位上標上一個符號，寫上「實行」二字，並在旁邊加框。追溯之前的紀錄，幾乎毫無例外。

應該也是在那段期間吧。

丈夫有一天深夜，喜形於色地回到家來。

說是上司招待同仁到家裡吃飯，看見上司夫人用來裝飾和室的插花作品，用的是行家愛用的花材，同行的人裡面只有松男說得出花的名字。

丈夫不斷提起被上司夫婦誇獎「眞是對你刮目相看呀」，然後五體投地對常子說：「這都是你的功勞。」

那是常子頭一次看見丈夫因爲被上司稱讚而高興莫名。想到這個人居然也有世俗的一面，雖然覺得內心有點失望，但聽到他說「都是因爲你的關係，我才像個正常人」，心裡也有幾分喜悅的感覺。

關掉電燈後，心中有種期待接受丈夫粗魯求歡的心情。

或許是那一夜房事的關係吧，之後常子小產了。如果孩子出生的話，就是第三個小孩。

從妻子那裡學習日常生活的瑣事，松男當天晚上便用熱情回報的習慣，從那時候起就逐漸減少了。

因爲松男本來就是對時間、規則很一板一眼的人，也可能是因爲常子小產的關係，讓他有所顧慮。

而且也沒有什麼事情可以教他了。

鱸魚和鯔魚的不同；燕魚和鯧魚味道的差別；菠菜和小松菜；鴨兒芹和芹菜。這些他都已經能夠區別了。

他也知道所謂的狗，並非只是一種動物，而是有秋田犬、土佐犬、柴犬、牧羊犬、大麥町等不同的品種。

然而習慣是很可怕的，她常常會不自覺地要求丈夫複習。

松男嘴裡雖然表示「眞是囉嗦，我都知道了啦」，卻還是回答：「像貍貓的是暹羅貓，像狐狸的是波斯貓。」

「反過來才對吧。」

這些細節，還是常子比較拿手。

只有一點仍然和二十五年前一樣，如果不提醒他的話，一年到頭哪怕汗流浹背，他都會穿著冬衣。穿上常子遞給他的內衣褲，他說：「我不會配色。」然後繫上常子幫他選好的領帶。婚喪喜慶等交際應酬、部屬拜託他當婚禮介紹人的致詞等，也都是按照常子說的做。

除了被大女兒嘲笑是「生活白痴」外，他就和普通的父親沒什麼兩樣。

雖然會做事，升遷也比別人快，但是他那一板一眼的個性和寫字難看的缺點，讓常子相信丈夫不會在外面拈花惹草。

可是他卻有了女人。

女人有著花的名字。丈夫會迷上那個女人，恐怕是因爲名字的關係吧。

「我算是沒有白教他了。」常子喃喃自語，然後放聲大笑。笑得很牽強。

回家拿網球拍的大女兒問她：「媽，你怎麼了？」

這種事是無法對女兒啓齒的。

要前往約好的地點，已經沒有時間上美容院了，頂多只能把馬鈴薯給削完。

在不自覺間，常子驚訝地發現自己居然狠狠地挖掉一大塊以前母親教她「有毒，吃了會死」的淡紅色芽眼。

自稱是「石蕗子」的女人，三十出頭，似乎是一間小酒吧的媽媽桑。穿著或化妝都很樸素，談吐沉穩，氣質不差。

是因爲有了小孩嗎？還是想要遮羞費？還是有其他更嚴重的問題呢？赴約的路上，常子想了很多，卻沒有什麼頭緒。抱著「兵來將擋、水來土掩」的心情赴約，卻發現情形完全不是她所想像的，常子覺得有些洩氣。

問對方用意何在。女人把玩了一下咖啡杯的把手後說：「我只是想讓你知道有我這麼一個人存在而已。」

說完便凝視著飯店的庭園。

悶不吭聲也不能解決問題。於是常子滔滔不絕地說：你知道嗎？我們夫妻去年剛慶祝過銀婚紀念。子女也都到了就業、結婚的年紀了。我是不清楚我先生在外面如何交際應酬，但我是把家裡和外面分開來的，請你了解……

對方一句話也沒說。

「石蕗子，這名字很少見呀。我先生應該馬上就說出是石蕗花的石蕗吧？」

常子想等對方一回「是的」，就說出往事，那些花的名字都是我教給他的。偏偏對方的答案是否定的。

「沒有呀。」對方悠悠地回答，「倒是你先生後來有問我：是不是你媽懷孕的時候害喜（註）得很厲害？」

說完露出溫和的笑容反問：「哪有父母會幫小孩取那種名字呢？」

石蕗子還說出了一個意外的事實。

丈夫在酒吧裡都用「我家的老師」來稱呼常子。

「我家的老師……」

「他說你什麼都知道，跟我正好相反，我是以笨出了名的。」

常子發現對方的和服穿得有些鬆散，還有說話的方式、攪動湯匙的動作也很緩

註：害喜的日文發音為「tsuwari」，音相近似。

慢。感覺有點像是發條鬆了，但也可能是在演戲。如果真的是在演戲，那麼最可怕的就是這種女人了。

什麼都知道的常子，結果卻是什麼都不知道。最後，她和對方各自付了咖啡錢分道回家。

那天晚上，丈夫和孩子們都遲遲未歸。

一個人坐在客廳時，只覺得身體內有滾滾洪流即將爆發。

說什麼「我有缺陷」、「請教我」，五體投地感謝說「都是你的功勞」，那些究竟算是什麼？

丈夫標在記事簿裡的符號，到底代表了什麼樣的心情呢？

丈夫帶著和平常一樣的表情回來了。

嚥下想要質問的千言萬語，常子問：「你知道石蕗花嗎？」

丈夫滿口酒臭味，不太耐煩地回答說：「石蕗花？是一種黃色的花吧？」

「你認識石蕗子吧？」

一如要封住常子的嘴，丈夫裝傻說：「那種花呀，最近倒是很少見。」

「她今天打電話來了，她到底……」

常子看著丈夫往裡面走的背影補上一槍，讓他停下了腳步。

「都已經結束了。」說完繼續往房間裡走。

身體看起來似乎又胖了一圈。他的背影像是在說：「那又怎麼樣！」

教他認識各種東西的名字，因爲派上用場而自鳴得意，其實是自我陶醉。就像以前幫植物施肥一樣，小樹在不知不覺間已經長成了雄偉的大樹。

花的名字，那又怎麼樣。

女人的名字，那又怎麼樣。

丈夫的背影如此說著。

女人的標準，二十五年來如一日；男人的尺度卻越來越大。

隔壁人家的電視又傳來了「國歌」的聲音。

吹牛

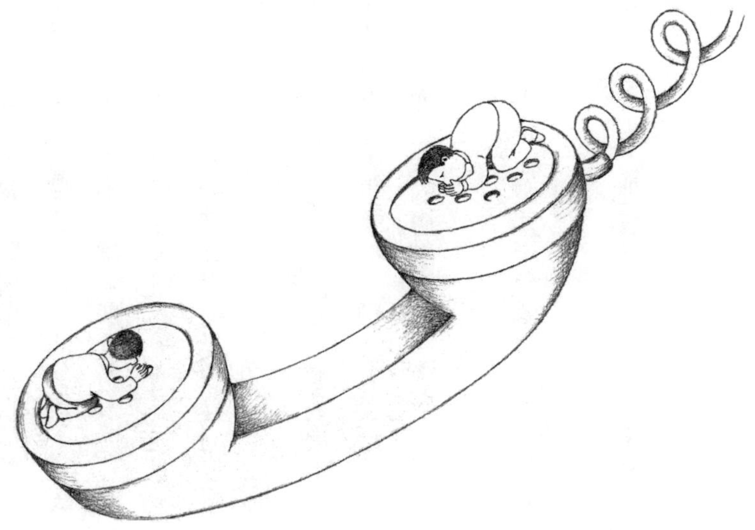

不能離開病房。在接手的人來之前不能離開病人身邊，這一點鹽澤當然很清楚。鼾聲大作、躺在個人房病床上睡覺的，是日前剛慶祝過喜壽（註）的父親。三天前因爲腦溢血而昏迷，至今仍未恢復意識。這是第二次發作了；醫生剛說過，這一次要復元恐怕很困難，最好有心理準備。鹽澤的父親雖然年事已高，但心臟還很強健，所以今晚半夜到黎明將是關鍵時刻。好不容易等到鹽澤下班前來接手，妻子立刻趕回家中準備。說得明白一點，就是準備喪服、後事。

該來探視的人都已經見到面了。父親的個性本來就很孤傲，自從成爲鰥夫後更變本加厲，一年前第一次發作，留下身體有些麻痺的後遺症，更讓他不願與人交際。病房裡的鮮花和慰問品，都是看在鹽澤常務董事的身分而送來的應酬禮物。

窗外的天色逐漸轉變成淡灰色。

隨著灰色逐漸加深，天色也就暗了。感覺父親似乎是在跟使天色轉爲全然黑暗的時間搏命對抗。

身爲人子不應該一心只想離開，必須守護在床邊，可是他實在不想待在病房裡。理由是那般臭味。

臭味來自父親的嘴裡。

儘管沒有意識，鬍鬚依然繼續生長。如同乾柴的白色鬍鬚簇生在好似鉸鏈已經失靈而張開的嘴巴四周，已失去光澤，微微顫動。

臭味就是從那附近散發出來，瀰漫了整個房間。

既然是至親，厭惡之餘總還能基於感懷而勉強忍受吧，這不就是所謂的父子之情嗎？可是父親所散發的，實在並非只是病人特有的口臭而已；而是一種不同的，像是內臟的氣味。

怎麼說，父親都是屬於清心寡欲型的人。

從小學校長的崗位退休後，仍繼續從事教育的工作。應酬喝酒也只在維持禮貌的程度，從來沒有喝過量。

「大概沒有其他男人能像你爸爸一樣，領口都不會髒吧！」和父親完全相反，晚上只要找到理由就想喝一杯的母親，曾經這樣形容過他。還說父親從年輕時起就不帶一點油脂氣，言外之意是對身爲男人的他清心寡欲，感到有些失望。

父親本來就長得瘦，晚年後更顯得沒油沒水的，彷彿輕輕一折就能發出清脆的斷

註：七十七歲。

裂聲。有時在走廊上擦身而過，他的形體和味道簡直就是一根煙管！

爲什麼像這樣的人身上竟會發出野獸般的惡臭呢？難道人非得要吐出如此可怕的氣味才能死去嗎？

鹽澤以爲父親會比醫生預測的還要「早走」，他不能離開病房。在親戚眼中，鹽澤算是很有出息的長男，爲了符合眾人對他的評價，他不能離開父親身邊。

可是臭味實在令人難以忍受。

剛才和鹽澤錯身，說什麼要回家準備而急著離去的妻子，其實是因爲受不了這氣味吧？

現在是醫院的販賣部晚報上架的時刻了。

有點頭之交的關係公司高級主管，日前起因爲涉嫌賄賂而上報了，得去買來看看才行。

明知道買晚報只是個藉口，鹽澤還是走出了病房。

帶著晚報的油墨味和弄髒的手回到病房時，父親已經停止打鼾了。

一邊伸手按鈴呼叫護士，一邊擔心待會兒該如何向妻子和親戚解釋父親臨終時自己不在身邊的藉口，根本無暇爲父親的過世悲傷。

鹽澤覺得自己聞到了那股討厭的氣味，於是拚命按呼叫鈴。按鈴的同時又覺得剛剛的臭味彷彿錯覺般地已經消失了。

「小武那邊，該怎麼辦呢？」妻子一邊打電話通知親友守靈夜和葬禮的日期，同時窺探鹽澤的表情。

小武，就是乃武夫，他是鹽澤的堂弟。

「應該用不著我們通知吧。」

「可是小武跟其他人又沒有往來，不是嗎？」

「他已經不是叫小武的年紀了。」

「他小你一輪，所以說小武也有三十五了吧？」

「都那個歲數了，還整天閒來晃去的，難怪沒有人要理他！」

親戚裡面總是有一、二個沒出息的人，乃武夫就是其中之一。因爲他從來沒有固定的工作。

聽說大學考是考上了，但讀沒多久便休學了。之後每次見到他，地址和工作都不一樣。

曾經說自己是娛樂傳播公司的經紀人，還拿出貼有從沒見過的藝人沙龍照、泳裝照等相簿給鹽澤看。

有一次聽說開了一家店叫「Anya」，心想應該是賣日式甜點的吧，結果竟然是工作室，說是幫電視廣告提供贈品的點子而後按比例抽成的工作。

他每次換工作，身邊的女人好像也跟著換了。有一段時期甚至還聽說靠女人養。

有時他衣衫襤褸、身形憔悴地出現；有時卻冷不防寄來一大箱最頂級的蟹肉罐頭當作年節賀禮。結果按址寄出謝函後，謝函上竟蓋了「查無此人」的章給退了回來。

「可是……爸爸一向都很疼小武的呀。」

那麼想找他來，你就自己通知他呀！我才不幹呢。鹽澤吞下這些話沒有說，默默地解開了收拾成疊的賀年卡。

乃武夫備受女性親戚歡迎。

雖然並非什麼美男子，但或許是善於應付女人，還是懂得利用某些小動作來討女人歡心吧。

只要乃武夫一加入，氣氛當場就變得很熱鬧，女眷開始有說有笑的。

記不得是什麼時候了，有一次乃武夫在起居室和妻子聊天時，大女兒參加朋友的婚宴回來。她和母親一樣生性節儉，因爲擔心弄髒衣服，習慣一回家就把外出服換成家居服。可是那天晚上直到乃武夫離去之前，她卻一身華服地陪著喝茶、吃蛋糕。

把自己最好的一面展現給這種男人看又有什麼用，鹽澤心裡覺得很不是滋味。然而後來才發現原來會這樣的並非只有大女兒。

即使經過了許多年，妻子仍然記得乃武夫喜歡吃醃鮭魚的肚子，雀躍的心情從說話的語氣就聽得出來：「小武，烤得生一點應該比較合你的口味吧？」

鹽澤也喜歡鮭魚肚呀。想到最好吃的部位都讓給了他，心裡就有氣。

而且妻子還一邊把玩著茶罐，一邊附和著乃武夫的話題。

鹽澤甚至還看到她對著黑亮的漆器茶罐，輕輕地用指腹抹去了鼻翼上的油光。

「每次我一提到小武，你就好像拿他當眼中釘看待耶。」

「我哪有，只是如果再發生上次那種情形，不是很討厭嗎？」

「上次？你是說老家的葬禮嗎？」

「我最討厭親戚間爲了錢的事鬧得不愉快。」

「可是又沒有證據，不是嗎？」

「別人是不會做那種事的！」

兩年前，老家的葬禮上短少了五萬圓的奠儀。

乃武夫在那前後，的確進進出出好幾回。儘管嘴裡說自己有多吃得開，實際上卻是阮囊羞澀，只能買包裝精美的平價線香來充場面。據說他還向親戚中小有資產的寡婦開口借錢遭到拒絕。

由於鹽澤身爲那場葬禮的治喪主委，因此堅持要檢查乃武夫的東西，後來妻子和女性親戚勸他，總不好在往生者靈位前讓有血緣關係的人丟臉，這才作罷。

只是鹽澤內心裡仍氣不過，所以很明顯地指桑罵槐了一番。乃武夫卻神色自若地召集了年輕女孩和小孩子，用他修長的手指表演了大腿舞。

被菸熏得褐黃的纖細手指，做出如舞孃般整齊劃一、上下踢腿的動作，看起來顯得很低級。

「也不看看這是什麼時間和地點！」鹽澤還記得當時好不容易將這句話忍在嘴邊沒有說出。

坐在喪主的位置上，鹽澤心裡覺得很滿意。

幫父親辦喪事，心裡居然覺得很滿意，說出來很難聽，但是老實說，他眞的這麼認爲。

總務部的同仁全都出動了，從設置祭壇、安排守靈夜、告別式的程序等都處理得很妥當。整個排場和他身爲常務董事的頭銜十分相稱。

不會丟人現眼的親戚都出席了，朋友也都前來弔唁。

對於自己企圖表現出失去至親的悲痛與已然看開的豁達，固然覺得有些心虛，卻又自我安慰地想，別人不也都是一樣的嗎！

不管是守靈夜還是婚禮，在人生的重要典禮上，多少總是會帶點演戲的氣氛，不必太過在意的。

就在這時，後門有人送來大得誇張的壽司餐盒。

光是聽到車站前的大壽司店店員說有人已經付錢並交代地址、要他們送來二十人份的頂級壽司，鹽澤便心知肚明地和妻子對看了一眼。

肯定是乃武夫。

每次只要他混得不錯，就會來這麼一手！

然後在壽司送來不久，大夥兒議論紛紛之際，就是他本人上場的時刻了。

「又不是在唱野台戲，人未到鼓聲先到。搞什麼名堂嘛！」正準備這麼說，卻發現孩子們已伸出手拿壽司來吃，鹽澤也不好說太難聽的話了。

果不其然，壽司店的人前腳剛走，乃武夫後腳便到。

「這一次應該沒有問題了，鞋子和西裝都是新的。」妻子在他耳邊報告。

「給我好好盯著他！」鹽澤交代說，「再發生跟上次一樣的事，丟臉的人可是我呀！畢竟有公司的人在。」

話說到最後，語調還不禁提高了，妻子趕緊制止他。

乃武夫一臉嚴肅地向鹽澤一鞠躬，然後走到靈位前。獻上香奠，恭敬地捻香致意，合掌祭拜時還不停地吸鼻子。

他就是這樣教人看不順眼。身爲長男的我都沒有掉淚，一個關係疏遠的人又何必在那裡裝模作樣。

這男人一向都是靠這種手法在社會上招搖撞騙的嗎？他總是迎合人意，隨時討人歡心，而且技術熟練。如此一想，就連乃武夫那套黑色西裝上魚鱗般細緻的紋路，也讓鹽澤感到不快！

乃武夫跪著爬到鹽澤身邊，表達安慰之意。鹽澤閉上眼睛，用力吸了一鼻子燃香的氣息。現在這個屋子裡，從廁所到廚房的儲物櫃都充滿了燃香的味道。

玄關處傳來一陣喧嚷聲。

「鯨岡常務董事的夫人來了。」

有人輕輕噓了一聲阻止說：「是前常務啦！」

「稱呼鯨岡夫人就可以了。」有人竊竊私語。

來的是半年前過世的鯨岡前常務董事的夫人。

鯨岡一年前在公司開始失勢，他的地位由鹽澤接替。之後他因失意造成精神狀況不穩定，半年前更因爲酗酒和安眠藥過量而遽然過世。

當時，負責一切喪葬事宜的就是鹽澤。

身材嬌小的鯨岡夫人除了哀悼，也爲當時鹽澤的諸多幫助致謝，並爲自己如今幫不上忙而深感抱歉。

鹽澤起身目送對方時，聽見乃武夫在背後低喃：「鯨岡呀……」

那語氣聽起來像是在回憶什麼往事，有種意有所指的味道。

果然，那個時候乃武夫也在場！

他聽見了我在講電話。

鹽澤有種被偷襲的感覺。

鹽澤發現自己的心裡有一棵黑色的小芽。

沒有人看見的時候，開車就會超速；確定絕對不會有問題時，也曾經拿過小小的回扣；出差時尋花問柳也不止兩三次了。

眾人公認是成功者的自己，背地有著如此的另一面，也不免嫌惡起自己。同時卻又想「大家都是一樣的」、「這種小惡誰不會幹呢」，爲自己開脫。

然而，其中仍有件他不願想起的往事。

當初爲什麼做出那種事？自己也難以說明。直到回過神來，才發現手指已經撥下了董事長別墅的電話號碼。

那是個夏天的晚上，妻子和小孩受邀出門看戲不在家。

聽見聽筒裡面傳來董事長沙啞的聲音，鹽澤立刻拿出事先準備好的手帕掩住嘴巴，並用假音開始誣陷鯨岡。

說他向業者收取回扣。

說他喜歡拈花惹草。

單方面地投訴完，掛上電話時，突然感覺到家中有人。

是乃武夫在廚房喝水。

「進來時也應該從大門進來呀！」他知道自己的聲音有些顫抖。

「其他人都不在嗎？」當時乃武夫毫無心機的語氣讓他鬆了一口氣，但其實早被聽見了吧。

「你知道嗎？小武包了五萬圓奠儀耶！」妻子的聲音好像是從很遠的地方傳來。

那晚徹夜守在靈堂前，鹽澤不斷地用言語刺激乃武夫。

公司的同事都回去了，只剩下關係比較親近的親戚。但因為擇日的關係，守靈夜安排在葬禮隔天，大家似乎都累了，幾乎都跑去睡了。醒著的人只剩下鹽澤、乃武夫，以及在一旁搖頭晃腦打瞌睡的妻子三人。

藉著酒意，鹽澤越說越激動。

五萬圓的奠儀，以你的身分未免包得太多吧？還是為了彌補什麼罪過呢？

鹽澤指的是上次老家舉行葬禮時奠儀失竊的事，但乃武夫只是搔搔頭說：「因為給你們添過很多麻煩，所以趁著我有能力的時候就多包一點嘍。」

接著不斷幫鹽澤斟酒。

「我最討厭週末來借小錢的人，以爲中間隔著一個星期天就能矇騙過去。要借錢的話，就應該大大方方地星期一來借！」

「等你拿得出像樣的名片，再來我家吧！」

這是鹽澤爲了測試那天晚上乃武夫是否聽見他用假聲誣陷鯨岡而使出來的「招數」。

撲克牌裡有一種叫做「吹牛」的遊戲。

大家按照數字順序慢慢出牌，一旦懷疑對方的牌有詐，就喊「吹牛」抓牌。如果對方說謊，對喊「吹牛」的人自是有利；抓牌若失敗的話，就有輸的風險。

「你有什麼資格跟我說那些大話呢？也不想想自己做了些什麼！」

乃武夫如果乾脆都攤開來說個明白，鹽澤還會覺得除去心頭大石，落得痛快。只要稍微透露一點那天晚上發生的事，鹽澤的權威就會掃地，妻子肯定瞧不起他，但比起成天提心弔膽，說不定今後的日子會比較好過。

然而乃武夫卻只是顧左右而言他，最後還喝醉睡著了。

教鹽澤玩「吹牛」的，是去世的父親。

鹽澤當時雖然還是個孩子，但總能識破對方是在吹牛；而父親正如他一板一眼的個性，常常上當，即使鹽澤如實叫牌，還會叫「吹牛」輸牌。

鹽澤被留在立川車站等候一個小時，是在他小學二年級或三年級的暑假。

父親很難得地帶他去奧多摩釣魚，回程時卻在收票口被叫住了。

「你在這裡等我。」父親如此交代，鹽澤便一個人坐在長椅上等候。兩隻腳被蚊子叮得好癢。

他等得心煩氣躁，父親才從站長室走出來，一張臉像是突然老了好幾歲。

父親悶不吭聲地帶頭走出收票口後，默默地帶他去吃鰻魚飯。鹽澤知道父親因為越站乘車而被取締了，也知道這件事絕對不能告訴母親和弟弟、妹妹。

可是父親卻心存懷疑，認為鹽澤可能會在私下打小報告。也許是心理作用吧，鹽澤感覺父親不再像過去那樣毫無保留地疼愛他了。

乃武夫靠在靈堂邊睡著了。

這個男人真的沒有聽到我那天說的話嗎？

還是聽見了卻裝作沒有那回事呢？

難道說這個遊手好閒、得過且過的男人，仍然保有我所比不上的清明嗎？

「吹牛！」不管怎麼大叫，只要對方不肯翻牌，就拿他沒轍。

那一夜，父親瘦削的背影帶著幼小的鹽澤走出收票口的畫面，又再度浮現腦海。

人格備受稱譽的父親有了那一夜的污點，而我亦然……

臨終前父親口中散發的內臟惡臭，其實就是我自身的氣味。或許在我有生之年，這個男人都會聞到我腐爛的臭味。

一種厭惡與懷念的感覺在心頭交織，鹽澤在即將熄滅的香爐裡添加了新的線香。

向田邦子的本事

水上勉

本書中有一篇名爲〈天窗〉的作品。一個已過中年、身爲公司高級主管的男子，回到有火成岩大門、磨石子圍牆已蒙上一層白灰、門牌看起來像是一隻破拖鞋的家。所謂「天窗」就在他家的二樓上，透過窗戶可望見附近高中的運動場。男子發現已經嫁人、可能是回娘家玩的女兒正從窗口看著他。故事從這裡開始說起，男主角和妻子、女兒一起用餐。快吃完晚飯時，妻子的肚子突然作痛。一位似乎和妻子十分熟稔的醫生趕來家裡，掀開妻子的衣領看診，然而自己卻對此事一無所知。和女兒一同坐在隔壁的男主角側耳傾聽，很驚訝地聽見妻子發出前所未聞的嬌媚聲音。他甚至想像回娘家玩的女兒說不定遺傳了自己母親不安於室的個性而做出了什麼丟臉的事，但事實卻不然，之後才知道竟是女婿有了外遇。隨著時間的轉移，一路描寫晚飯前後男主角的心路歷程，令人讀來欲罷不能。男主角還回想起被鄰居戲稱爲「跳蚤夫妻」的父母。背著體質虛弱、身材矮小的父親，高大美麗的母親喜歡上父親公司裡的小弟，惹出了事端。母親帶著六歲的男主角回到足利娘家；印象中雖然父親打了母親，到了半夜卻又跪著向母親賠罪。

在很短的時間內，將浮現在男主角內心深處的這些情景，以描寫風景的方式寫出，更顯得父母親的活靈活現。他還想起由於母親總是從「天窗」偷看校園，使得父親為了加上遮蔽物而從屋頂上摔落跌傷了腰，長期無法上班。透過這扇「天窗」，巧妙地道出男主角擔心女兒是否因隔代遺傳而擁有母親個性的妄想，眞可說是作者絕妙的寫作技巧！

在這短短的三個小時裡，一個到處可見的日常黃昏裡，作者試圖將人的生與死塡寫進去。的確，這篇小說正說明了我們其實就生活在那樣的時間裡。對作者而言，沒有比這些瑣碎的日常生活更讓她感興趣的了。因此平常大家不太注意的鍋子、茶壺、杯子、門牌、鞋子、窗戶、紙門等，就好像來自太陽的光源將光線分散出來，投射出各種物體的形狀和陰影，相對地，這些像是道具的日常用具也反射出光的片段。這些可說是道具的色彩，也可說是向田女士讓這些東西像三稜鏡般發出了七彩的虹光。彩虹是會消失的，但若能網羅住人生這些瞬間發散的光和影，就能存留在內心深處，也就能夠成為精采的人生畫作。

清潔爐灶的灶神帚通常都是掛在廚房角落的柱子上，每次有人開關後門，掃帚便跟著搖來晃去。

父親生性懦弱。

看過父母結婚照的男主角，覺得穿著前襬有扇形縐摺的禮褲、站得軟弱無力的父親，看起來就像是靠在一身雪白、戴著頭巾的高大新娘身上一樣。這是作者接下來描寫的文字，將父親比喻成掛在廚房角落、有人開關門便跟著搖晃的掃帚，著實高明。經由對柔弱父親的簡短比喻，展現了掃帚的光芒，也更能讓讀者接受。

曾經半夜口渴走到廚房，聽見隔天早餐要用來煮味噌湯的蛤蜊在水桶中發出聲響。一時好奇心起，打開貝殼想看看是哪一部分發出聲音，結果看到白色長條狀的肉足。多佳從褐色被窩裡伸出來的腳，就和它很像。有時可能是被聲響給嚇到，蛤蜊會噴水。據說要讓蛤蜊吐砂最好放進金屬器具，所以家裡常會將生鏽的菜刀一起放進水中。

讀到這一段，不論是水裡的菜刀還是母親伸出被窩的腳，都令人覺得恐怖。與其說這些是人生一瞬間的驚訝，不如說是暴露了人性的黑暗。人性的黑暗從主角的回憶中脫離，與目前還存在的「今日的黑暗」連成一氣，很自然地加深了飄浮在廚房裡空氣的色彩。這就是向田女士的絕活。事實上，能夠雕琢出這種短篇小說的作家越來越少了。她的出現，加上獲頒直木獎，自然能吸引廣大的讀者群。她的作品是喜歡小說的讀者所期待的。

由於當年我參與過直木獎的評審工作，所以記憶猶新。向田女士不過才發表了三、四篇短篇小說，其中〈水獺〉、〈狗屋〉和〈花的名字〉入圍了。或許〈水獺〉並沒有入圍吧，也可能〈天窗〉是之後或之前的作品，我不知道。但是三篇入圍作品都是充滿向田女士寫作技巧的耀眼佳作。還記得當時有些委員以爲是連載的短篇小說，提議不如等全部結束後才評審，我和山口瞳、阿川弘之兩位先生則是力排眾議。雖然三篇都是二十張稿紙左右的短篇，卻刻畫出他人所無法模仿的境界，也讓我們看見了向田女士如燦爛春花一樣綻放的世界。受到評審肯定後獲頒直木獎，卻又在不到一年之後因空難而過世。她的境遇令人深深體會到人生的無常；向田女士的文學作品也更加使讀者感動。

這是一種才能。將生與死穿插在日常生活之中，透過我稱爲是「向田窗」的窗戶觀察人生，詳實地描寫出人間百態。有人說她寫出了都會生活的哀傷，但我認爲這種說法太通俗，不如改成人性的黑暗吧。作者慧眼獨具，觀察到人生的可愛處、可憐處，打動了我的心。〈花的名字〉寫的是剛結婚時只知道二、三種花名的丈夫，做妻子的每次買花都教他花的名字。結果，步入中年才知道丈夫外面有女人。於是妻子瞞著丈夫去和女人見面。

常子發現對方的和服穿得有些鬆散，還有說話的方式、攪動湯匙的動作也很緩慢。感覺有點像是發條鬆了，但也可能是在演戲。如果眞的是在演戲，那麼最可怕的就是這種女人了。

懷疑穿著鬆散的女人是否在演戲，這樣的描寫角度實在太犀利了！

〈狗屋〉寫的是懷孕的女主角在電車對面的座位上看到了另一名孕婦，旁邊睡著胸前掛著相機的男人。女主角發現那是自己還在讀大學時，經常出入娘家的魚店伙計。於是她想起了魚店伙計幫他們蓋狗屋的諸多往事。只因爲恰巧相對而坐，而且女主角不久即將下車，在她的回憶中，當年被伙計擁抱的異樣感覺，以及伙計種種奇怪的行止都一一浮現。看著眼前抱著照相機、張大嘴巴熟睡，身旁有懷孕的妻子和五歲兒子的男人，揣想他們一家三口大概是去動物園玩回來吧，夫妻倆很努力地裝扮自己。看似很普通的光景，卻也是一幅從沉重的人生剖面所擷取的圖畫。看似淡彩，其實不然。

〈水獺〉可說是本書中的傑作。長得漂亮、做事俐落、個性開朗，可說是十分可愛的妻子，遇到有人上門推銷，便謊稱自己丈夫所從事的職業與該樣商品有關，這種無傷大雅的小謊很好用。從這些日常生活的體會，如點點苔蘚般的丈夫逐一印證了自己妻子的另一種面貌。

小說的主題在於描寫丈夫的心路歷程——丈夫的手腳開始有麻痺的感覺，他步入了老年的人生轉角。他中風了。作者用「腦子裡面老是有蟲子唧唧地叫著」來形容，相當高明。趁著他明朗的妻子與隔壁太太大聲聊著他血壓高的話題，男主角一邊扶著紙門一邊走向廚房，拿起了菜刀。故事就在這裡戛然而止。

「都能抓住菜刀了呀，再加點油就行了！」語氣顯得明朗，兩顆如西瓜子左右分離的黑色小眼睛跳躍著。

「我想切哈密瓜來吃。」宅次手上的菜刀滑落到流理台上，腳步蹣跚地往走廊移動。後腦勺裡的蟲又開始鼓譟了。

「想吃哈密瓜呀，有銀行送的和牧野送的，要切哪一個？」

宅次答不出話來。

一如照相機按下快門一樣，宅次眼前的庭院突然化成了一片黑暗。

說到向田女士的寫作技巧，她就有本事把俯拾皆是的小事轉化成創作的好材料。我再三提到向田女士的寫作技巧，其實也可說是一種寫作功夫。功夫是需要動手培養的，光是靠頭腦想，筆下卻無法靈活表現的話，終究無法成爲一幅畫。向田女士的寫作手法，拿書法來作比方，是遒勁纖細，卻又飽含墨汁。這一點眞可說是其人特有的絕活了！

有人說自從向田邦子獲頒直木獎以來，她的小說就不算純文學了。於是我反問：那該算是娛樂小說嗎？那個人啞口無言。讀者閱讀這本《回憶．撲克牌》，要如何認定向田的文學是個人的自由，要將其歸類在什麼樣的文學類別也無所謂。只是讀了一且有所感動卻硬要隱藏起來，那就傷腦筋了。因爲向田女士所描寫的是超乎任何分類的世界，所以要將其歸類也很困難。爲一位傾全力以獨特角度描繪「人生掠影」的孤獨畫家冠上任何畫派，其實都是不必要的。

從她意外身故讓許多文學愛好者同感悲傷開始，至今日子還很淺短。我這次重新拜讀她的作品，不禁有向田女士還依然活在東京某處的錯覺。所謂生動的小說，指的就是這麼一回事吧！年輕讀者中，如果想學習創作短篇小說，我建議不妨抄寫這本《回憶·撲克牌》中的一、二篇。文章字數不多不少，相信就能理解我所要表達的意思。總之，向田邦子留下了這樣的作品，遽然長逝了。

昭和五十八（一九八三）年四月

（本文作者爲日本知名作家）

國家圖書館出版品預行編目資料

回憶・撲克牌／向田邦子著；張秋明譯. -- 初版. -- 台北市：麥田出版：家庭傳媒城邦分公司發行, 2006〔民95〕
面；　　公分. --
譯自：思い出トランプ

ISBN 986-173-109-1（平裝）

861.57　　95011886

ISBN 978-986-173-109-1

和風文庫4

回憶・撲克牌

原著書名／思い出トランプ
原出版者／新潮社
作者／向田邦子
翻譯／張秋明
特約編輯／關惜玉（一版）、陳阿髮（二版）
副總編輯／陳瀅如
編輯總監／劉麗真
總經理／陳逸瑛
發行人／涂玉雲
出版／麥田出版
地址：10483 台北市中山區民生東路二段141 號5 樓
電話：(02)2500-7696
傳真：(02)2500-1966
部落格：http://ryefield.pixnet.net
發行／英屬蓋曼群島商
家庭傳媒股份有限公司城邦分公司
地址：10483 台北市中山區民生東路二段141 號11 樓
網址／www.cite.com.tw
讀者服務專線／02-2500-7718 ；02-2500-7719
服務時間／週一至週五：09：30～12：00
13：30～17：00
24 小時傳真服務／02-2500-1990 ；02-2500-1991
讀者服務信箱E-mail ／service@readingclub.com.tw
劃撥帳號／19863813
戶名／書虫股份有限公司
香港發行所／城邦（香港）出版集團有限公司
地址：香港灣仔駱克道193 號東超商
中心1 樓
電話：+852-2508-6231
傳真：+852-2578-9337
電郵：hkcite@biznetvigator.com
馬新發行所／城邦（馬新）出版集團
【Cite(M) Sdn. Bhd. (458372U)】
地址：11, Jalan 30D/146, Desa Tasik,
Sungai Besi,57000 Kuala Lump
Malaysia.
電話：+603-9056-3833
傳真：+603-9056-2833
封面設計／永真急制
排版／浩瀚電腦排版股份有限公司
印刷／中原造像股份有限公司
初版一刷／2006 年6 月
二版二刷／2011 年12 月
定價／240 元
Printed in Taiwan.
本書若有缺頁、破損、裝訂錯誤，請寄回更換。